अंतर्संबंध
और अन्य कहानियाँ

मो. इसरार

अंजुमन प्रकाशन

Title : Antarsambandh Aur Anya Kahaniya
Author : Mohd. Israr

Published By-
Anjuman Prakashan
942, Mutthiganj, Prayagraj, 211003
www.anjumanpublication.com
anjumanprakashan@gmail.com

Printed and bound in India.
First published by Anjuman Prakashan in 2024

ISBN : 978-81-19562-36-7

Cover & Typeset by Anjuman Prakashan

Price in india: 225/-

दो शब्द

इस संग्रह की कहानियाँ पूर्व में किसी न किसी पत्रिका में प्रकाशित हो चुकी हैं। उन पर पाठकों की कई प्रकार की प्रतिक्रियाएँ भी प्राप्त हुई हैं। परिणाम स्वरूप मुझे कुछ नया लिखने का उत्साह मिलता रहा है। 'साढ़े बारह', 'उलझन', 'बंधन', 'मोचन' और 'टॉप का सौदा' आदि ऐसी कहानियाँ हैं, जो कनाडा से प्रकाशित होने वाली पाक्षिक ई-पत्रिका 'साहित्य कुञ्ज' में प्रकाशित हुई हैं।

'पप्पू पाकिस्तानी' मुंबई से प्रकाशित (वर्तमान में जयपुर से प्रकाशित) होने वाली त्रैमासिक पत्रिका 'कथाबिंब' में प्रकाशित हुई थी। इस कहानी की विषयवस्तु को लेकर कुछ कट्टरपंथियों ने आपत्ति भी जताई थी। इसके विषय में बिहार के एक सज्जन ने मुझे काफी कुछ गलत भी बोला था। इसलिए यहाँ संग्रहीत करते समय इस कहानी की विषयवस्तु में परिवर्तन करने के साथ ही कुछ पात्रों के नामों में भी संशोधन किया गया है।

इस संग्रह में संकलित करते हुए सभी कहानियों को पुन: संशोधित, परिवर्तित एवं परिवर्धित किया गया। कई कहानियाँ पुराने परिवेश के दृष्टिकोण से लिखी गयी थी, उन्हें आधुनिक दृष्टिकोण से लिखा गया है। कुछ कहानियों की विषयवस्तु में बदलाव किया गया है। इसलिए ये कहानियाँ पूर्व में प्रकाशित कहानियों से स्वभाव और स्वरूप की दृष्टि से बिलकुल भिन्न प्रकार की हो गयी हैं। पुन: लिखते समय कहानियों की विषयवस्तु, शब्दों और वाक्यों में कुछ संशोधन भी किए गए हैं। अत: ये कहानियाँ पूर्व में प्रकाशित कहानियों से बिलकुल भिन्न

एवं मौलिक दिखाई देती हैं।

इन कहानियों पर पाठकों और संपादकों की कई प्रकार की प्रतिक्रियाएँ भी मिलती रही हैं। कुछ पर ताने-उलाहने भी मिले हैं। लेकिन मैं अपनी बात बेबाक तरीके से कहने का आदी रहा हूँ। इसलिए किसी को अच्छा लगे या बुरा, मुझे उससे अधिक सरोकार नहीं है। क्योंकि वस्तुओं को देखने का सबका अपना-अपना दृष्टिकोण होता है, जो उसे अच्छा या बुरा सिद्ध करता है। उदाहरण स्वरूप, खजुराहो की कामुक मूर्तियों में किसी को अश्लीलता दिखाई देती है, तो किसी को कलात्मकता।

इन कहानियों के कथ्य और शैली-शिल्प के दृष्टिकोण पर पाठकों की राय अलग-अलग हो सकती हैं। लेकिन ये कहानियाँ उन अनुभवों का परिणाम हैं, जो सामाजिक जीवन में समय-समय पर मुझे प्राप्त हुए हैं। दैनिक जीवन में घटित होने वाली जिन घटनाओं ने मुझे भाव-विह्वल किया, उन्हें मैंने कहानियों के रूप में ढाला है। किसी सत्य घटनाक्रम को कहानी के रूप में ढालते हुए, कुछ पात्रों के नामों में भी बदलाव किया गया।

लेखक

अनुक्रम

1

अंतर्संबंध

रहमान साहब घर के आँगन में कुर्सी पर बैठे, अपनी बिल्ली के कुछ असभ्य क्रिया-कलापों को देखकर, मन ही मन कुढ़ते हुए सोच रहे हैं-

"जब से घर में, ये कमबख़्त बिल्ली का बच्चा आया है, खाना-पीना दुश्वार हो गया। खाने-पीने की चीज़ें चाहे कहीं छुपाकर रख दो, वहीं पहुँच जाता है। खाना, खाना तो और भी मुश्किल हो गया। खाना खाने बैठो, ज़नाब हाज़िर। ज़मीन पर चटाई बिछाकर खाने पर तो, सीधा दस्तरख़ान में घुस जाता है। बैड पर बैठकर खाना खाओ तो दोनों पैर उठाकर बैड के किनारे रख, बुरी नज़र से ताकता है। घूर-घूर कर ऐसे देखता है, जैसे नोच ही डालेगा। इसकी नीय्यत में भी हमेशा खोट रहता है। रोटी का टुकड़ा न मिलने पर पंजा लगाता है। कभी-कभी तो घर्रूटकर नोचने की कोशिश करता है। तमन्ना अधूरी रह जाने पर ज़बरदस्ती बैड पर चढ़ जाता है। पैर से धिकाओ, चाहे कुहनी मारो, नहीं मानता। सालन की तो प्लेट तक झूठी कर देता है, कमबख़्त। बिल्ली का बच्चा क्या, पूरा शैतान है, शैतान... नाम लो और हाज़िर।"

नल की चौकी पर साफ करने के लिए रखे बर्तनों को, बिल्ली इधर-उधर खिसका रही थी। जिसके कारण खरड़-परड़ की आवाज़ होने के साथ ही, चीनी

के एक कप का हुक भी टूट गया था। रहमान साहब गुस्से से काँपते हुए उपरोक्त बातें सोच रहे थे। शायद बिल्ली को एहसास हुआ कि वे उससे नाराज़ हैं। इसलिए उसने पास आकर, पूँछ को ऐंटीना के समान सीधा खड़ा करके, उनके पैर पर अपनी कमर खुजियाते हुए, लाड़-प्यार सा जताना आरंभ कर दिया। प्यार के बदले प्यार जताने के स्थान पर रहमान ने जोर से "दूर हो, नमाज़ के कपड़े ख़राब मत कर" बोलकर, बिल्ली को जोर से ही लतियाया।

कमर पर जोर से लात पड़ते ही बिल्ली 'मा...आऊ, मा....आऊ' बोलते हुए दूर भाग गयी। रहमान साहब चिड़चिड़ाहट में फिर आहिस्ता-आहिस्ता बड़बड़ाने लगे-

"बड़े तो बड़े, इसे छोटों पर भी तरस नहीं आता। बच्चों को दूध देकर इधर नज़र घुमाओ, उधर उनका सारा दूध चट्ट। प्याले में एक घूँट नहीं छोड़ता। बच्चे रोते रहें, चिल्लाते रहें, इस हरामी को कोई फर्क नहीं पड़ता। इतना चोरटा है कि घर में रखी चीजों तक को चुराकर खाता है। दूर फेंकने या लात मारने पर 'खी... खी...' कर दाँत दिखाता है। कई बार तो पंजे मारकर बच्चों को भी लहू-लुहान कर डाला। पंजे के नाखून क्या...पूरी तलवार हैं, तलवार। बच्चों से लेकर बड़ों तक को डर लगता है, इसके पंजों से...।"

इसी बीच कमरे में से किसी बच्चे के रोने-चिल्लाने की आवाज़ सुनाई दी। किसी अनहोनी की आशंका में, रहमान साहब जल्दी से कुर्सी से उठकर बड़बड़ाते हुए कमरे की ओर लपके-

"यहाँ से लतियाए हुए ने ज़रूर अपना गुस्सा किसी बच्चे पर उतारा होगा। किसी बड़े पर वश नहीं चलता तो अपना गुस्सा छोटों पर उतारता है। हिसाब-किताब अधूरा नहीं छोड़ता, हराम का पिल्ला।"

कमरे के अंदर घुसकर देखा तो उनके छोटे बेटे के हाथ की अंगुली बिल्ली ने ज़ख्मी कर दी है। 'मा...आऊ, मा....आऊ' बोलती हुई बिल्ली, बेटे के पास आयी थी। उसने हमदर्दी दिखाते हुए, उसे पुचकारने की कोशिश की तो बिल्ली ने हाथ पर पंजा मार दिया था।

बेटे की अंगुली से 'टप-टप' गिरते खून को देखकर, गुस्साए हुए रहमान,

जब बिल्ली को मारने पर उतारू हुए, तो वह बैड के नीचे छिप गयी। उनकी पहुँच से काफी दूर हो गयी। अब करें तो क्या करें? जानवर को कैसे समझाएँ? ये तुमने गलत किया है। फिर पालतू और जंगली में फर्क ही क्या रह गया? बाप का बदला, बेटे से क्यों लिया? असहाय होकर बेटे के हाथ की मरहम-पट्टी करते हुए फिर से बड़बड़ाने लगे-

"अम्मा के सर भी क्या आफत आयी थी, इस हरामजादे को उठा लायीं। वहीं कूड़ेदान में पड़े-पड़े मर जाने दिया होता तो अच्छा था। कम से कम एक आफत से तो पीछा छूटा रहता। सोचा होगा, घर के बच्चों के लिए खिलौने का काम करेगा। बच्चे खेलेंगे, खुश होंगे और अम्मा को दुआएँ देंगे। वैसे नन्हे से बिल्ली के बच्चे को देखकर बच्चे खुश तो बहुत हुए थे। उठाए-उठाए फिरे थे, पूरे दिन। अपनी-अपनी गोद में लेने के लिए तना-तनाई भी हो गयी थी, घर के बच्चों में। रात में अपने साथ सुलाने के लिए झगड़े भी ख़ूब हुए थे। लेकिन तब वह छोटा था। और छोटा बच्चा तो सूअर का भी लुभाता है। अब इसकी करतूतों को देखकर बच्चों के भी मन भर गए। सब उकता गए, इस हरामी से।"

रहमान साहब आहिस्ता-आहिस्ता बड़बड़ाते हुए बिल्ली की करतूतों का बखान कर ही रहे थे कि दूसरे कमरे से अम्मा के खाँसने व खखारने की आवाज़ सुनाई दी। इसलिए उनका ध्यान तुरंत उस ओर चला गया। उन्हें लगा, जैसे अम्मा बिल्ली का पक्ष लेते हुए, कोई चेतावनी दे रही हैं। वे अम्मा को उद्देश्य करके धीरे-धीरे बोलने लगे-

"अम्मा के सामने अपना दुखड़ा रोने से कोई फायदा नहीं। वे तो किसी की सुनती ही नहीं। उल्टा मुझे ही डाँटते हुए कहेंगी, सब मेरी बिल्ली के पीछे पड़े हैं। इसे घर से निकालने पर आमादा हैं। हर वक़्त मारने की फ़िराक़ में रहते हैं, सब इसे। अब उन्हें कौन समझाए और कैसे समझाए कि बड़ी होते ही इस बिल्ली ने कितना दुःख देना शुरू कर दिया है? परेशान हो गए सब इससे। ज़रा-सा डाँटने पर ही पंजा मारकर ज़ख़्मी कर देती है। धमकाओ तो दाँत निकालकर काटने को दौड़ती है। मारो तो काटती है। अब बर्दाश्त नहीं होता, पानी सर से ऊपर चला गया। सोचता हूँ, इसे जान से मार डालूँ। या घर से दूर कहीं ऐसी जगह छोड़ आऊँ, जहाँ से ये कमबख्त वापस ही न आए। इस आफत से पीछा छुड़ाने

की कोई-न-कोई तरक़ीब ज़रूर सोचनी पड़ेगी। अरे, एक मुसीबत हो तो सहूँ...,
कितनी बार कोशिशें कर चुका हूँ। लेकिन अम्मा के गुस्से के सामने टाँय-टाँय
फिस्स हो जाती है। अम्मा ने गुस्से में चिसते-चिसते मसूड़ों तक दाँत पहुँचा दिए।
इस कमबख्त को दूर छोड़ आने का नाम सुनते ही खाना-पीना छोड़ देती है।
ऊपर से जो दस तरह की गालियाँ सुनाती हैं, वे रही अलग। हाय! क्या करूँ...?”

इस प्रकार रहमान साहब, अपने घर की बिल्ली के कुछ असभ्य क्रिया-
कलापों को देखकर कभी स्वयं ही बड़बड़ाते, कभी खीजते और कभी भीतर ही
भीतर कुढ़ते रहते। वे उसके साथ बहुत बुरा बर्ताव करने की योजना बनाते रहते।
लेकिन अम्मा रुपी दीवार के बीच में खड़े रहने से, बेबस-असहाय कुछ कर नहीं
पाते। दिल के अरमान, दिल में ही दम तोड़ते रहते। जब हिम्मत हार जाते और
किसी पर कोई वश नहीं चलता तो बेबस, उदास, हताश, निराश होकर दुखी मन
से गुनगुनाने लगते, “हज़ारों ख्वाहिशें ऐसी कि हर ख्वाहिश पे दम निकले/ बहुत
निकले मेरे अरमां, लेकिन फिर भी कम निकले... ।”

* * *

रहमान साहब जिस शुभ अवसर की काफी दिन से ताक लगाए हुए, तलाश
कर रहे थे, वह संयोग से आ ही निकला। अम्मा दो दिन के लिए अपने दूर के
रिश्ते की बहन के यहाँ शादी में चली गयी। रिश्ता दूर का ज़रूर था, लेकिन
प्रगाढ़ इतना था कि अम्मा को विशेष रूप से बुलाया गया था। अन्यथा अम्मा
चारपाई से हिलती ही कब थी? चुम्बक बनी हुई पूरे दिन चारपाई से चिपकी, पान
चबाए रहती थीं। तमाम दीवारें पीक से लाल कर डालीं। जहाँ देखा, वहीं पान
का पिचकारा मार देती हैं। जबकि कह रखा है, सिर्फ राख वाले तसले में ही थूका
करो। लेकिन किसी की सुनती ही कहाँ है? अपनी ही ज़िद पकड़ें रहती हैं। कुछ
बोलो, तो मरने-मारने पर आमादा।

अम्मा के शादी में चले जाने के बाद, रहमान की ख़ुशी का ठिकाना न रहा।
यही तो वो मौक़ा था, जिसकी रहमान को कई महीनों से तलाश थी। इसलिए
उसने खुदा का बार-बार शुक्रिया अदा किया। हाथ उठाकर दुआएँ माँगी, “ऐ
खुदा! तू बड़ा कारसाज़ है, ज़रूरत मंदों की ज़रूरतें पूरी करता है। मुवाफ़िक़
माहौल पैदा कर, बिगड़ों के काम संवारता है। तेरे यहाँ देर तो है, पर मायूसी

अंतर्सबंध और अन्य कहानियाँ

बिलकुल नहीं। आज तूने इस नाचीज़ की भी सुन ली...।"

जल्दी से वज़ू बनाकर, दो रक'अत नमाज़ नफिल शुक्राने के पढ़े। एक बार फिर हाथ ऊपर उठाकर ढेर सारी दुआएँ माँगी, "या अल्लाह! मेरे गुनाहों को माफ़ कर देना। जो कुछ करने जा रहा हूँ, मज़बूरी में कर रहा हूँ। मज़बूरी में गलत काम भी जायज़ बन जाता है। मैं कुढ़-कुढ़ कर मर नहीं सकता। तू गफूरूर रहीम है, मुझ पर रहम करना। मेरे पास और कोई रास्ता नहीं...।"

बाद नमाज़, रहमान ने बिल्ली को सावधानी से पकड़कर झोले में ठूँसा। दूध पिलाने के बहाने पास बुलाया और चपड़-चपड़ करती हुई के ऊपर पीछे से झोला रख दिया। बिल्ली ने इधर-उधर फुदकने की कोशिश की तो अपनी पुरानी भड़ास निकालते हुए, पहले दो बार उस पर हाथ साफ किया, "साली! सारे घर वालों का जीना मुहाल कर रखा था। अब मजा चखाऊँगा। अब तक तो बचती रही। अब देखता हूँ तुझे कौन बचाएगा? तेरी हिमायती तो शादी में चली गयी। उसके सामने बड़ी शेरनी बनती थी। अब किसके पास जाएगी?"

झोले को दो-तीन बार ज़मीन पर पटक कर, बिल्ली की हड्डी-पसलियों का एक बार फिर इम्तिहान लिया। उसकी उछल-कूद बंद हुई तो कस्बे से दूर जंगल में छोड़ने चल दिया।

रहमान ने सुन रखा था, "कुत्ते-बिल्ली को बिना आँखें बंद किए, चाहे जितनी दूर छोड़ आओ, वे घर आ ही जाते हैं।" इसलिए रहमान ने झोले के अंदर ठूँसी गयी बिल्ली को, स्कूटी की डिग्गी के अंदर ठूँसकर कस्बे की चक्करदार गलियों में कई चक्कर लगाए।

बिल्ली को गुमराह करने के लिए, आधा घंटा कसबे में यूँ ही स्कूटी घुमा-घुमाकर दूर जंगल में पहुँचा। बड़ी सावधानी से डिग्गी से झोला निकालकर उसका मुँह पश्चिम दिशा की ओर खोला। झोले का मुँह खुलते ही बिल्ली तेजी से कूदी। तभी रहमान ने उसकी गंडिया पर कसकर लात मारते हुए तीन-चार बहुत ही भद्दी गालियाँ दी "...साली कमीनी...भैंण की टकी...हराम जादी...ले चख मजा...दूर मर यहाँ से।"

पिछवाड़े पर लात पड़ते ही, बिल्ली जंगल की ओर फुर्र्र्र्sss...। ये जा...

वो जा...।

घर वापस लौटते हुए, रहमान ने अम्मा के गुस्से को शांत करने की, बेहतरीन योजना बना डाली। अपने आप ही बोला, "अम्मा को शादी से लौटते ही कहूँगा। अम्मा! तुम्हारे घर से निकलते ही बिल्ली ने तुम्हारा पीछा किया था। क़दमों के निशान सूँघती हुई बिल्ली तुम्हारे पीछे-पीछे निकली थी। रास्ते में कसाइयों वाली गली में पहुँची ही थी कि कुत्तों की गिरफ्त में आ गयी और अल्लाह को प्यारी हो गयी। तुम्हें इतना चाहती थी कि तुम्हारी जुदाई को एक पल भी बर्दाश्त न कर पाई। जानवर भी जानते हैं, कौन इंसान उन्हें कितना प्यार और मुहब्बत करता है? थोड़ी सी रोनी सूरत बनाकर कहूँगा, हाय बिल्ली, बेचारी बिल्ली, मर गयी। अम्मा की जुदाई में अल्लाह को प्यारी हो गयी। अम्मा को क़सम खाकर यक़ीन दिलाऊँगा तो वे ज़रूर यक़ीन कर लेंगी।"

उधर जंगल में बिल्ली, माऊऊss...माऽऽऊ...करती घूमने लगी। यहाँ-वहाँ भटकने लगी। कभी इधर तो कभी उधर, अम्मा के घर का रास्ता खोजती। अगर उसमें खुदा ने सोचने की क्षमता दी हुई होती तो वह बिलकुल यही सोचती, "कमबख्त का मैंने क्या बिगाड़ा था, जो मुझे घर से बाहर फेंक दिया। उसका जूठा खाती थी। घर के चूहों का सफाया करती थी। किसी दूसरे बिल्ली-बिलाऊ की क्या मजाल, मेरे रहते घर में घुस जाए? हड़काया कुत्ता भी मेरे दाँत देखकर दरवाजे से ही भाग जाया करता था। मैं खूबसूरत नहीं थी तो क्या? ख़ुदा ने जानवरों में नर को खूबसूरत बनाया है और इंसानों में मादा को। इसमें मेरी गलती क्या है? फिर भी घर के सब बच्चों के खेलने का भी सबसे बड़ा साधन थी, मैं। मेरे रहते उन्हें अन्य खिलौनों की शायद ही कभी आवश्यकता महसूस हुई हो? पर हाय नियति! ये सब अन्याय मेरे साथ ही करना था। कब से घूम रही हूँ, खाना तक नसीब नहीं हुआ। देखूँ कहीं जुगाड़ लगाऊँ।"

बिल्ली जैसे ही भोजन की खोज में निकली दो कुत्तों की नज़र उस पर पड़ी। उनकी जिह्वा लार से तरबतर हो गयी। दोनों ने एक-दूसरे की तरफ देखा और शायद यह विचार किया, "यार, माल तो अच्छा है। चल इसे दबाते हैं। एक शरारती कुत्ते ने शायद सीटी बजाकर गीत भी गाया हो, ए! क्या बोलती तू? आती क्या...?"

फिर दोनों ने बिल्ली को दबोचने की चाह में पुरजोर छलाँग लगायी। बिल्ली को इतना दौड़ाया, इतना दौड़ाया कि उसे पता न रहा, पूरब किस ओर है और पश्चिम कहाँ? वह जंगल से और घने जंगल की ओर दौड़ती चली गयी।

ये जान भी कमबख्त अजीब चीज़ है, आफत में आ जाए तो इसे बचाने के लिए कोई क्या-क्या प्रयत्न नहीं करता। इसलिए बिल्ली भी जान बचाने की चाह में बेतहाशा दौड़ती ही चली गयी। दौड़ते-दौड़ते उसकी गुदा का द्वार भी खुल गया और मल बाहर आने लगा। संयोग से एक झाड़ी मिल गयी, जिसके अंदर घुसकर उसने किसी तरह अपनी जान बचाई। “जान बचे तो लाखों पाए, एक रात भूखे ही सो जाए” का राग उसने आलापा।

सुबह हुई तो बिल्ली भूख से फिर बिलबिलाई। खुदा से दरियाफ़्त करने लगी, “ऐ खुदा! आज कोई मोटा-तगड़ा चूहा मिला दे, तभी भूख मिट पाएगी। वरना यहाँ भूखी ही मर जाऊँगी। घर में तो बिना कुछ किए ही खाना मिल जाता था। यहाँ तो बड़ी मशक्कत करनी पड़ रही है...।”

जीवन यापन हेतु खाना जुटाते-जुटाते, बिल्ली को दिन...हफ्ते...और कई महीने जंगल में गुजर गए।

राह भटकी हुई वह काफी दिन तक इधर-उधर घूमती रही। महीनों जंगल में भटकने के बाद उसे एक ऐसा रास्ता मिल गया, जो उसे कस्बे तक ले ही आया। कस्बे की चहल-पहल देखकर बिल्ली की ख़ुशी का ठिकाना नहीं रहा। लेकिन कठिनाई यह थी कि वह अम्मा के घर तक कैसे पहुँचे? उसे तो अब कुछ भी याद नहीं। फिर भी एक आस थी, “यदि अम्मा का घर मिल गया और अम्मा मिल गयी तो सभी दुःख दूर हो जाएँगे। जीवन में फिर बहार होगी, हरा-भरा चमन होगा।”

कस्बे में इधर-उधर घूमते हुए बिल्ली को एक हरे द्वार वाला दरवाजा दिखाई दिया। बिल्ली ने उसे देखते ही स्मृति को चेताया। यदि उसकी चेतना जगी होगी तो उसने यही सोचा होगा, “मकान तो अम्मा का ही लग रहा है, लेकिन ठीक से याद भी तो नहीं। दरवाज़ा तो वैसा ही लग रहा है, गली का पता नहीं। चलो घर के अंदर से किसी के निकलने का इंतज़ार करूँ, शायद कोई

जाना-पहचाना निकल आए।"

काफी देर प्रतीक्षा करने के बाद भी दरवाज़ा नहीं खुला तो हवा के एक झोंके ने इस काम को सरल बना दिया। बिल्ली डरी-सहमी सी अंदर प्रवेश कर गयी। घर का निरीक्षण किया तो ज्ञात हुआ, घर पराया है। ये अम्मा का घर नहीं है। वापस लौटकर आयी तो दरवाज़ा बंद मिला। इसलिए पंजों से दरवाज़ा खोलने का प्रयास करने लगी। इस काम को करने में वह काफी मसगूल थी। तभी अचानक पीछे से उस घर की मालकिन दूसरी बिल्ली ने खीऊ-खीऊ बोलकर हमला कर दिया। दोनों बिल्लियाँ लड़ने-झगड़ने लगी। कभी एक-दूसरे को पंजा मारती, तो कभी मुँह से काटती।

इसी बीच एक बच्चा चिल्लाया, "मम्मी...मम्मी... हमारी बिल्ली को कोई दूसरी बिल्ली काट रही है, घरूँट रही है। पापा, जल्दी डंडा लेकर आओ। ये हमारी बिल्ली को मार डालेगी। मेरी बिल्ली की जान बचाओ।"

उसी समय बेचारी बिल्ली पर दूसरी बिल्ली के तेज पंजों की मार के साथ ही लात और डंडों की बरसात भी होने लगी।

बिल्ली ने अपने आपको बचाने की बहुत कोशिशें की, फिर भी उस पर पाँच-सात डंडे पड़ ही गए। ज़िंदगी के दिन अभी शेष थे। इसलिए एक दीवार से छलाँग लगाकर किसी प्रकार बच गयी। पैर की हड्डी टूटने के साथ ही बहुत सी गुम चोटें भी शरीर में आयी। कई जगह पंजों के घाव हो गए, जिनसे टप-टप खून बहने लगा।

आसमाँ-सा दर्द, सागर की लहरों सी कराहे लिए, बिल्ली कस्बे में घूमने लगी। लेकिन उस कस्बे में एक आदमी भी ऐसा न निकला, जो बिल्ली पर दया-दृष्टि दिखा सकता। एक टुकड़ा डालकर थोड़ी-सी सांत्वना दे सकता। वाऊच-वाऊच बोलकर, पास बुलाकर, उसके ज़ख्मों की मरहम-पट्टी करता। बहुत से लोग उसे देखते रहे और लावारिस समझते रहे। वह किसी के पास जाती तो लात मार-मार कर दूर कर देते।

बिल्ली, कस्बे के कठोर हृदय वाले लोगों और स्वयं को दुख देने वालों को कोस रही थी कि उसे जंगल में छोड़ने वाला बेदर्द रहमान दिखाई दे गया। उसे

देखते ही बिल्ली अपने सब गम भूलकर खुशी से झूम उठी। खुशी की लहर ने उसके शरीर को इतना रोमांचित किया कि उसे अपना कोई शारीरिक कष्ट याद न रहा। टूटा पैर लिए बिल्ली रहमान के पीछे-पीछे चलने लगी। दोनों के बीच फासला काफी था।

गली में रहमान अलमस्त लेकिन काफी तेजी से चल रहा था। सड़क के किनारों पर बनी दुकानों के शटर एक के बाद एक, बंद होते जा रहे थे। क्योंकि भीतर तक कंपकपा देने वाली सर्दियों की रात का सन्नाटा सबको शीघ्रता से अपने-अपने घरों में घुसने का सन्देश जो दे रहा था।

टूटा पैर होने के कारण बिल्ली दौड़कर समीप न पहुँच पाई थी कि रहमान ने घर में घुसते ही हाथों को पीछे की ओर घुमाकर दरवाज़ा बंद कर लिया। साथ ही कुंडी भी बंद कर दी। बिल्ली चौखट पर इस आशा में बैठ गयी, "कभी तो खुलेगा। आज नहीं भी खुला, सुबह तो दरवाज़ा अवश्य खुलेगा ही।"

उस समय खुले आसमान के नीचे रात बिताने के लिए मौसम किसी भी प्रकार अनुकूल नहीं था। मध्य जनवरी माह में हड्डियों तक को कंपकंपा देने वाली ठंड पड़ रही थी। खुले में रात बिताना मौत से लड़ने जैसा था। जिस कस्बे में आधी रात तक चहल-पहल रहती थी। अब शाम होते ही सन्नाटा पैर पसार जाता था। ऊपर से आज मौसम का मिजाज़ भी बदहज़मी हो चला था। आकाश में घुरड़-घुरड़ करते काले-काले सूअरों जैसे बादल घिरने लगे थे। देखते-देखते घटाओं ने दो-चार चमकने वाले तारों को भी खा लिया। कुछ ही क्षण में ओलों की बौछार के साथ ही वर्षा आरम्भ हो गयी।

ओलों की मार और बारिश की ठंड ने चोट खायी बिल्ली के दर्द को कई गुना बढ़ा दिया। ठंड, वर्षा और ओलों की मार से बचने के लिए बिल्ली ने पंजों से रहमान के घर का दरवाज़ा खोलने के अनेक प्रयास किए। रुक-रुक कर बहुत परिश्रम किया परन्तु हर बार असफल रही।

हताश, निराश होकर अपने भाग्य को कोसा। नियति को दुहाई दी। सर को दहलीज पर तब तक पटकती रही, जब तक शरीर से प्राण जुदा न हो गए। कुछ साँसें बची तो आकाश की ओर आँखें फाड़कर देखने लगी, जैसे खुदा से

पूछ रही हो, "ऐ खुदा! तूने स्वच्छन्द घूमने वाले पशु-पक्षियों को अपना गुलाम बनाने की प्रवृत्ति इंसान को क्यों दी? जंगली जानवरों को मनुष्य की कैद में डालकर उनकी आज़ादी क्यों छिनी? जब तूने रिज़्क़ का वादा किया है, तो पालतू जानवरों को मनुष्य का आश्रित क्यों बनाया? उन्हें भोजन प्राप्ति में मनुष्यों के अधीन क्यों रखा? और यदि रखा था, तो उनके हृदय में दया क्यों नहीं दी, स्नेह क्यों नहीं दिया, सहानुभूति का ज़ज्बा क्यों नहीं दिया? प्रेम और स्नेह दिखाकर, फिर मनुष्य निष्ठुर क्यों बन जाते हैं? छोटे बच्चों से दिखाया जाने वाला प्रेम, उनके बड़े होते ही आँखों में किरकिरी क्यों बन जाता है...?"

इस प्रकार मनुष्यों की निष्ठुरता और दयाहीनता के विषय में सोचते-सोचते बिल्ली मर गयी। उस घर, अम्मा और बिल्ली के बीच जो अंतर्संबंध था, वह टूट गया। कुछ ही पल में सभी आंतरिक रिश्ते ख़त्म हो गए।

खम्बों पर लगे बल्बों के प्रकाश में स्पष्टत: दिखाई देने वाली आसमान से गिरती बूँदें शब्दायमान तो थी, पर बिल्ली द्वारा उठाए गए प्रश्नों के लिए निरुत्तर थी। झमाझम, टपर-टपर बारिश का शोर तो था, लेकिन प्रश्नों के उत्तर ठिठुर कर सो गए थे।

तेज वर्षा वाली ठंडी रात बीती तो अगले दिन रहमान ने मौसम का हाल जानने के लिए, प्रात: घर का दरवाज़ा खोला। एक मृतक शरीर बिल्ली को दहलीज़ पर पड़ा देखकर, वह बहुत क्रोधित हुआ। सुबह का सुहाना मौसम उसके लिए एकाएक मनहूस घड़ी में तब्दील हो गया। सुबह की ठंड में भी आँखों में शोले बरसने लगे, जिनके कारण वे लाल हो गयी। पड़ोसियों पर बरसते हुए गालियाँ बकने लगा, "हरामजादों! अपनी मरी हुई बिल्ली मेरे दरवाजे पर फेंक दी। रहमान का घर कोई बूचड़खाना है, जो इसकी खाल उतरवाऊँगा। छोटे से जानवर की देखभाल नहीं कर सकते क्या? ठा नहीं उठाई जाती तो पालते ही क्यों हो? गोश्त खाने पर तो हजारों रुपए खर्च कर देते हो, घर में एक बिल्ली का खर्च नहीं उठता? इस मरी हुई का क्या करूँ मैं? सड़कर बदबू फैलाएगी... ।"

गुस्से में रहमान ने बहुत सी उटपटाँग बातें बोली। अपने गुस्से का नज़ला बिना नाम लिए कई पड़ोसियों पर साफ़ किया। पुरानी बातें उठा-उठाकर हृदय की खूब भड़ास निकाली। एक-दो पड़ोसियों के साथ झगड़ा होते-होते बचा। जो

पड़ोसी रहमान के व्यवहार से परिचित थे, वे घर से बाहर नहीं निकले। आपस में यही कहते रहे, "कुत्ता भौंककर अपने आप चुप हो जाएगा। इसके मुँह लगना ठीक नहीं। बिना वजह लड़ाई-झगड़ा करना इसकी आदत है। आजकल ये सठिया गया है।"

हुआ भी बिलकुल वैसा ही। जब कोई पड़ोसी लड़ने-झगड़ने नहीं आया तो रहमान बड़बड़ाकर स्वयं शांत हो गया। अब लड़ाई करे तो किससे करे? स्वयं से तो लड़ नहीं सकता।

जब कोई उसकी गालियों से उकसित नहीं हुआ, तो रहमान गुस्से में वापस घर के अंदर पहुँचा। उसने तेज हवा के झोंको से आँगन में बिखरे हुए कूड़े-करकट को साफ़ किया। समस्त कूड़े को बिल्ली के ऊपर डालकर, बिल्ली और सारे कूड़े-करकट को नगरपालिका के उस कूड़ेदान में फेंक आया, जिसके ऊपर लिखा हुआ था, "कृपया अपने शहर को साफ़-सुथरा बनाने में सहयोग दें- स्वच्छ भारत मिशन।"

2

पप्पू पाकिस्तानी

पप्पू, चुपचाप गंभीर मुद्रा में सोचते हुए, अपनी धुन में खोया हुआ सा, लम्बे-लम्बे क़दम बढ़ाता हुआ, लगभग दौड़ने जैसी हालत में घर की ओर बढ़ रहा था। उसके उतावलेपन का अंदाज़ा उसकी दौड़ने जैसी चाल से सहजता से लगाया जा सकता था। उसकी साँसें फूली हुई थी। मस्तक पर पसीने की बूँदों का जाल-सा दिखाई दे रहा था। वह कुछ बेचैन सा लग रहा था, जैसे उसका किसी ने कुछ छीन या लूट लिया हो। उसके चेहरे की उदासी, उसकी बेचारगी की ओर संकेत कर रही थी।

अचानक पप्पू के आगे एक लावारिस कुत्ता आ गया। जो उसे देखकर दुम हिलाने लगा। कुत्ते की हिलती दुम देखकर पप्पू ने अनुमान लगाया कि वह उसे चिढ़ाने का प्रयास कर रहा है। अंदर कुछ कुलबुलाहट सी हुई तो उसका गुस्सा सातवें आसमान पर जा पहुँचा।

पप्पू ने कुत्ते को ज़ोर से लात मारी और दो-तीन गंदी गालियाँ देते हुए बड़बड़ाया, "मादर चोद, चला जा सामने से। जानता नहीं तू मेरे को। चीर कर रख दूँगा।"

कुत्ता चाँऊ...चाँऊ...करता हुआ, दूर भाग गया। पप्पू के इस क्रियात्मक

रवैये को देखकर साफ लगा कि उसका आत्मसंयम डगमगाया हुआ है।

पप्पू आगे बढ़ने ही वाला था कि अचानक किसी ने पीछे से कहा, "पाकिस्तान मैच हार गया।"

आवाज़ अधिक ऊँची नहीं थी, फिर भी वह पप्पू के कान में गोली के समान लगी। उसने दोगुनी आवाज़ के रूप में अनुभव करते हुए उसे सुना।

पप्पू तुरंत पीछे की ओर घूमा और घूर-घूर कर चारों तरफ देखने लगा। लेकिन सड़क पर उसे दूर तक कोई नहीं दिखाई दिया। कोई इंसान तो क्या, एक कुत्ता भी नज़र नहीं आया। और फिर, कुत्ते को तो अभी-अभी उसने लतियाया ही था। कुत्ता तो बोल भी नहीं सकता। आवाज़ किसी इंसान की थी।

पप्पू को भले ही सड़क पर कोई भी दिखाई नहीं दिया, फिर भी उसने तीन-चार माँ-बहन की गालियाँ चीखने जैसी आवाज़ में किसी को दे डाली। गालियाँ किसी ने सुनी या नहीं, लेकिन पीछे से किसी की कोई प्रतिक्रिया नहीं हुई। प्रतिक्रिया होती भी कैसे? सड़क पर तो दूर तक कोई नज़र नहीं आ रहा था।

शायद, "पाकिस्तान मैच हार गया" वाक्य कहने वाला व्यक्ति, पप्पू को चिढ़ाकर किसी घर में घुस गया हो। या फिर कहीं पेड़ आदि के पीछे छिप गया हो। लेकिन इस बात का उसे पूरा विश्वास था कि इस समय "पाकिस्तान मैच हार गया" वाक्य पप्पू को शूल के समान चुभेगा। तीखी मिर्ची के समान पप्पू उसे पचा नहीं पाएगा। और भड़ास निकालते हुए कुछ न कुछ अवश्य बोलेगा। इसलिए उसने ऐसा बोला।

पप्पू वापस मुड़कर चला ही था कि अचानक वही वाक्य "पाकिस्तान मैच हार गया", पप्पू के कान में फिर घुसा। इस बार यह वाक्य काफी जोर से बोला गया था। वाक्य सुनते ही पप्पू को ऐसा लगा जैसे कोई मधुमक्खी कान के ऊपर भिनभिनाई हो और उसने अंदर घुसकर ज़ोर से डंक मारा हो। पप्पू झुँझला उठा। पहले से अधिक गंदी गालियाँ बड़बड़ाते हुए उसने एक ईंट का रोड़ा उठाकर, पीछे घूमकर ज़ोर से किसी को मारा। लेकिन किसी को न कोई चोट पहुँची और न कोई नुकसान हुआ। क्योंकि पीछे तो दूर तक कोई था ही नहीं।

खिन्न हुआ पप्पू, गालियाँ बड़बड़ाता घर की ओर चल दिया, "हरामजादा,

कोई दिख जाता तो, गोली मार देता। खून पी जाता स्साले का। पप्पू को छेड़ते हैं। जानते नहीं स्साले, पप्पू भिंड का छत्ता है। छेड़ोगे तो पछताओगे। हिम्मत है तो सामने बोलकर दिखाओ। चीर कर रख दूँगा... ।"

पप्पू ने जैसे ही घर में प्रवेश किया, उसे हल्की-सी ऊपर उठी हुई दरवाजे की चौखट में ठोकर लगी। पप्पू गिरते-गिरते बचा। उसकी दो बच्चियाँ- सानो और अलिसा- जो घरेलू गेम 'पैर पटिकन' खेल रहीं थीं, खिलखिलाकर हँस पड़ी। उनका यूँ खिलखिलाकर हँसना पप्पू को बहुत अखरा। उसे लगा कि वे उसकी खिल्ली उड़ा रही हैं। तभी उसे उसी वाक्य "पाकिस्तान मैच हार गया" की याद आ गयी।

फिर क्या था, 'जैसे, जले पर नमक।' पप्पू भन्ना गया। क्रोध के कारण एक कँपकँपी-सी उसके शरीर में उठी। उसे इतना गुस्सा आया कि स्वयं पर से नियंत्रण जाता रहा। उसने तुरंत शहतूत की खपची उठाई और दोनों बच्चियों को पीटना शुरू कर दिया। बच्चियाँ ज़ोर-ज़ोर से रोने-चिल्लाने लगी। अचानक रोने-चिल्लाने का शोर सुनकर, पप्पू की पत्नी 'ज़रीना' दौड़कर आयी। उसने पप्पू का हाथ पकड़कर उसे रोकना चाहा तो, उसने उसे भी पीटना आरंभ कर दिया। बच्चियों और स्वयं को बिना कारण पिटता देख, ज़रीना तुरंत समझ गयी, "आज पाकिस्तान मैच हार गया। ज़रूर भारत से हारा होगा। इसलिए पिटाई लाजिमी है। इसके अलावा कोई चारा नहीं। अब नाशपीटा किसी की नहीं सुनेगा। सारी भड़ास बीवी-बच्चों पर उतारेगा।"

जब पाकिस्तान, भारत के अलावा किसी अन्य विपक्षी टीम से क्रिकेट मैच हारता है, पप्पू को दुख तो होता है। लेकिन वह उसे कड़वी गोली समझकर पचा जाता है। विपक्षी टीम के खिलाड़ियों को गाली दे-देकर गुस्सा शांत कर लेता है। लेकिन जब पाकिस्तान, भारत से क्रिकेट मैच हारता है, तो पप्पू दुख और पीड़ा की भड़ास बीवी-बच्चों पर निकालते हुए उन्हें खूब पीटता है। इसलिए अकारण पिटने की बीवी-बच्चों को आदत सी भी हो गयी है।

गली-मोहल्ले वाले भी उसे चिढ़ा-चिढ़ाकर आग में घी डालने का काम करते हैं। इसका सीधा प्रभाव उसके व्यक्तिगत और पारिवारिक जीवन पर पड़ता है। पप्पू को यदि मानसिक कष्ट होता है, तो उसके परिवार को शारीरिक।

वर्षों से यही सिलसिला चला आ रहा है। जब भी पाकिस्तान, भारत से मैच हारता तो पप्पू बरगला उठता। उसे हरगिज़ बर्दाश्त नहीं था कि पाकिस्तान, भारत से मैच हारे। यदि ऐसा हो भी जाता तो हार की टीस उसे अंदर तक सालती। कई बार तो वह ज़ोर-ज़ोर से रोने भी लगता। काफी देर तक फफक-फफक कर रोता। हृदय की पीड़ा आँसुओं के माध्यम से बाहर निकलने पर ही उसे सांत्वना मिलती।

पप्पू के बारे में लोग अक्सर यह भी कहते कि वह पाकिस्तानी टीम पर सट्टा लगाए रहता है और हार से बोखला उठता है। उसे पीड़ा हार की नहीं, रुपयों की होती है।

लेकिन वास्तव में ऐसा नहीं था। पाकिस्तानी टीम से उसकी भावनाएँ जुड़ी हुई थी। एक ऐसा भावात्मक जुड़ाव जैसा एकमात्र लाड़ले बच्चे से होता है। अथवा ऐसा लगाव जैसा प्यार में पागल, एक-दूसरे पर मर मिटने वाले प्रेमी-प्रेमिका में होता है। इसीलिए पाकिस्तानी टीम के हारने पर उसका मन अत्यंत आहत होता है। किसी दूसरे पर वश न चले तो सीधी आफत बीवी-बच्चों पर आती है। वह बे-वजह ही उन्हें पीटने लगता है।

कई बार हार की पीड़ा और गम भुलाने के लिए वह एक-दो दिन घर में इस तरह घुसा रहता, जैसे बहुत बीमार हो। खाना-पीना छोड़कर, चारपाई पर लेटा रहता। यदि बीवी-बच्चे खाना खाने का आग्रह करते, तो उन्हें आँखें निकालकर धमकाने लगता। पप्पू की लाल आँखें देखकर वे सहम जाते।

इसके ठीक विपरीत जब पाकिस्तान मैच जीत जाता, तो पप्पू की खुशी सातवें आसमान पर होती। वह अपने परिवार को ढेर सारा प्यार-दुलार देता। बीवी को बाँहों में उठाकर झूले जैसा झुलाता। बच्चों को पुलकित हो-होकर चूमता। उनके लिए नए कपड़े और खिलौने खरीद कर लाता। घर में पकवान और सेवइयाँ बनवाता। ऐसा वातावरण बना देता, जैसे कि ईद का त्यौहार हो। केवल इतना ही नहीं वह पास-पड़ोस में लड्डू भी बँटवाता। इससे पड़ोसियों को बिन समाचार-पत्रों, टीवी, मोबाइल आदि के सूचना मिल जाती, 'पाकिस्तान मैच जीत गया।'

पप्पू, पाकिस्तान के प्रत्येक खिलाड़ी के खेल का मूल्यांकन कर-करके लोगों को बताता कि किसने क्या कारनामा किया? किस खिलाड़ी से कहाँ चूक हुई? कितने राष्ट्रीय और अंतराष्ट्रीय रेकॉर्ड्स बने और पिछले टूटे। मैच की सम्पूर्ण समरी, सविस्तार और व्याख्या सहित पप्पू के पास संग्रहीत होती। 'मैन ऑफ द मैच' रहने वाले खिलाड़ी के विषय में तो भाव-विह्वल होकर वह कह उठता, "मेरा बच्चा कितना सोहना खेला। जी चाह रहा था मुँह चूम लूँ।" पाकिस्तानी खिलाड़ियों की भारी-भरकम तारीफ़ें करते हुए वह नहीं अघाता।

अपने महत्वपूर्ण कार्यों को छोड़कर पप्पू, पाकिस्तानी टीम के प्रत्येक मैच देखता है- टेस्ट, वन-डे, T-20। मेहनत-मजदूरी के काम से जब उसे थोड़ी-बहुत फुरसत मिलती है, तब वह यू-ट्यूब पर पाकिस्तानी टीम के पुराने मैच भी देखता है। वह पाकिस्तानी टीम और खिलाड़ियों का दीवाना है। उसे पाकिस्तानी क्रिकेट टीम के इतिहास की गहरी जानकारी है। उसकी इच्छा है, "जीवन में कम से कम एक बार पाकिस्तानी खिलाड़ियों से अवश्य मिलेगा।" लेकिन नाममात्र की पढ़ाई-लिखाई करने और पाकिस्तान की यात्रा की कठिनाइयों के कारण, उसे नहीं पता यह काम कैसे संभव हो पाएगा?

पप्पू का वास्तविक नाम 'पप्पू' ही है। लेकिन पाकिस्तानी टीम और खिलाड़ियों का अत्यधिक प्रशंसक होने के कारण, लोगों ने उसके नाम के पीछे 'पाकिस्तानी' जोड़ दिया है। अब वह अपने गाँव में 'पप्पू पाकिस्तानी' के नाम से प्रसिद्ध है। जब लोग उसे 'पप्पू पाकिस्तानी' कहते हैं, तो उसे अजीब-सी आंतरिक खुशी मिलती है। वह पाकिस्तानी टीम और खिलाड़ियों पर दिलों-जान न्योछावर करने वाला है। उनकी बुराई करने वाले की शायद वह जान भी ले सकता है। वह 'माँ-बहन' की गालियाँ सुन सकता है, लेकिन पाकिस्तानी टीम की बुराई नहीं। वह खाना-पीना छोड़ सकता है, लेकिन पाकिस्तानी टीम का मैच नहीं।

एक बार पाकिस्तान, न्यूजीलैंड से बुरी तरह मैच हार गया। पप्पू को बिलकुल आशा नहीं थी कि पाकिस्तान, न्यूजीलैंड से मैच हार जाएगा। पप्पू को धक्का-सा लगा। एक ओर यदि वह आहत हुआ तो दूसरी ओर उसे न्यूजीलैंड टीम पर बहुत क्रोध आया। उस समय उसका मन इतना बेचैन था कि अगर

उसे न्यूजीलैंड का कोई सबसे सज्जन खिलाड़ी भी मिल जाता, वह उसे मार नहीं तो पीट अवश्य देता। खिलाड़ियों का कोई दूर का रिश्तेदार भी मिल जाता, तो शायद वह उसे भी न छोड़ता।

पप्पू ने हार के ग़म में शाम का खाना नहीं खाया और घर में घुसकर ऐसे लेट गया जैसे कई महीनों से बीमार हो। रात भर हार के कारण तलाशने में बेचैन रहा। कई बार एम्पायरों पर शक हुआ, तो कभी पिच की खराबी अनुभव हुई। उसने ऐसी अफवाह भी सुनी कि न्यूजीलैंड के खिलाड़ियों के बैट में स्प्रिंग लगे हुए थे, जिसके कारण निरंतर चोके-छक्के लग रहे थे। अन्यथा पाकिस्तानी बॉलरों के सामने अच्छे-अच्छे बैट्समैन की हवा टाइट हो जाती है।

उस रात पप्पू बड़ी मुश्किल से सो पाया। आदत के विपरीत सुबह देर से उठकर चाय-नाश्ते का सामान लेने नौशाद की दुकान पर पहुँचा।

मरियल सी आवाज़ में पप्पू ने कहा, "नौशाद भाई! सौ ग्राम चाय पत्ती, एक पाव चीनी, दो फैन और एक बीड़ी का बंडल देना...।"

सामान देने के विपरीत गंभीर मुद्रा में नौशाद कहने लगा, "यार पप्पू! कल पाकिस्तान खेला तो बहुत अच्छा था, लेकिन हार गया। कहीं मैच फिक्स तो नहीं था।"

ये वाक्य सुनते ही पप्पू अंदर से तिलमिला उठा। लेकिन उसने कोई क्रोधी प्रतिक्रिया नहीं दिखाई। बस मरियल-सी आवाज़ में बोला, "यार, मैं तो किसी और काम से आया था। तू चुपचाप समान दे। मेरे ज़ख़्मों को मत कुरेद। मैं सवेरे-सवेरे किसी से लड़ना नहीं चाहता। पूरा दिन ख़राब हो जाएगा।"

पप्पू का मूड देखकर नौशाद खामोश हो गया और आवश्यक सामान देकर शीघ्रता से उसे विदाई दी। अन्यथा एक-दो गाली सुननी पड़ती या लड़ाई होती। क्योंकि पप्पू ने एक दिन पहले ही घोषणा कर दी थी, "अगर पाकिस्तान मैच हार गया और मुझे किसी ने चिढ़ाया तो कसम ख़ुदा की गोली मार दूँगा। उसके बाद चाहे उमर कैद हो जाए, या फिर फाँसी। इसलिए जिस भाई को अपनी जान प्यारी है, वो ये गलती ना करे।"

पप्पू को पूरा विश्वास था कि पाकिस्तानी खिलाड़ी बिक नहीं सकते। वे

शरीयत के नियमों का पूरी तरह पालन करते हैं। वे क्रिकेट के मैदानों पर भी बैठकर पानी पीते हैं। कई बार तो मैदान में ही नमाज़ भी अदा करते हैं। दाढ़ी तक रखते हैं। हराम काम करना उनके खून में शुमार है ही नहीं।

पप्पू को इस बात का बहुत दुख था कि पाकिस्तानी खिलाड़ी आई.पी.एल. में क्यों नहीं खेलते हैं? जब अफगानिस्तान के खिलाड़ी आई.पी.एल. में खेल सकते हैं, तो पाकिस्तानी खिलाड़ियों को भी मौका मिलना चाहिए। आख़िर उन बेचारों ने किसी का क्या बिगाड़ा है? जब पाकिस्तानी गायक और कलाकार भारतीय फिल्मों में गीत गा सकते हैं, एक्टिंग कर सकते हैं तो पाकिस्तानी खिलाड़ियों को भी आई.पी.एल. में खेलने देना चाहिए। उनका क्या कुसूर है? लेकिन इस संबंध में वह किससे बात करे? कहाँ अपनी गुहार लगाए? इस मामले की उसे अधिक समझ नहीं थी।

एक वन-डे क्रिकेट वर्ल्ड कप में भारत-पाकिस्तान का मैच होना प्रस्तावित था। जैसा कि प्रसिद्धि है, भारत-पाक मैच का खुमार लोगों के दिलों-दिमाग पर कुछ अधिक ही होता है। मीडिया भी उसे मैच के रूप में नहीं बल्कि एक युद्ध के तौर पर प्रस्तुत करती है। महीनों पहले मैच की टिकटें बुक हो जाती हैं।

पप्पू के छोटे से गाँव में भी भारत-पाक के मैच को लेकर काफी शोर-शराबा था। गरमा-गर्म चर्चाओं के साथ, काफी मोटा सट्टा मैच पर लग चुका था। शाम को जब भी मोहल्ले-पड़ोस के लड़कों की महफिलें सजती, विचित्र तरह की शर्तें लगती। पप्पू को चिढ़ाने की नयी-नयी योजनाएँ बनायी जाती।

नियत तिथियों पर क्रिकेट वर्ल्ड कप आरंभ हुआ तो इस बार पप्पू को आशा ही नहीं बल्कि पूर्ण विश्वास था कि पुरानी अवधारणा को तोड़ कर, इस वर्ल्डकप में पाकिस्तान, भारत को अवश्य हरा देगा। उसे विभिन्न दृष्टिकोण से पाकिस्तानी टीम का पलड़ा भारतीय टीम से भारी दिख रहा था। पिछले एक वर्ष से पाकिस्तानी टीम काफी अच्छा क्रिकेट खेल रही थी। उसने आस्ट्रेलिया, साऊथ अफ्रीका, न्यूजीलैंड जैसी बड़ी टीमों को हराकर वन-डे क्रिकेट में कभी प्रथम तो कभी दूसरी रेंकिंग हासिल की थी। पप्पू को सभी पाकिस्तानी खिलाड़ी ज़बरदस्त फॉर्म में दिखायी दे रहे थे।

पप्पू ने विश्वास के साथ घोषणा कर दी थी, "इस बार यदि पाकिस्तान ने भारत को वर्ल्ड कप में हरा दिया तो पूरे मोहल्ले की दावत करेगा। लेकिन यदि पाकिस्तान मैच हार गया और किसी ने उसे चिढ़ाया तो कसम खुदा की गोली मार देगा। चिढ़ाने वाले को ज़िंदा नहीं छोड़ेगा। बाद में जो होगा, देखा जाएगा।"

जिस दिन भारत-पाक का मैच होना था, उससे पहले पप्पू ने अपनी बीवी-बच्चों को मायके भेज दिया। क्योंकि पाकिस्तानी टीम के हारने पर, वह कई बार अपनी बीवी-बच्चों को पीट चुका था। इसलिए आगे नहीं चाहता था कि कोई बे-गुनाह उसके हाथों पिटे या मारा जाए। उसकी योजना थी कि जब पाकिस्तानी टीम जीतेगी तो बाजे-गाजे के साथ बीवी-बच्चों को वापस लेकर आएगा।

भारत-पाक के डे-नाइट मैच के दिन पप्पू ने सभी आवश्यक काम मैच आरंभ होने से पहले ही पूरे कर लिए। उसे पूरा यक़ीन था, 'आज भारत, पाक से मैच अवश्य हारेगा।' इसलिए दिन भर पप्पू काफी खुश रहा। नियत समय पर मैच आरंभ हुआ, तो पप्पू टी.वी. के सामने चिपक कर बैठ गया। आरंभ में पाकिस्तानी टीम को बेटिंग करने का अवसर मिला। लेकिन भारतीय गेंदबाजों के सामने पाकिस्तानी खिलाड़ी जल्दी-जल्दी आउट होने लगे। जैसे ही कोई खिलाड़ी आउट होता, पप्पू का दिल जोर से धड़कता। उसे काफी गुस्सा भी आता। लेकिन समझ न पाता कि क्या करे?

बीवी-बच्चे भी घर नहीं थे। इसलिए समझ नहीं पा रहा था कि अपनी भड़ास किस पर निकाले? बेबस और असहाय होकर उसने भारतीय टीम में खेलने वाले मुसलमान खिलाड़ियों को गालियाँ देना आरंभ किया, "हरामखोरों! मुसलमान होकर मुसलमान का गला काट रहे हो। तुम पर खुदा की लानत पड़ेगी। दोज़ख में भी जगह नहीं मिलेगी।"

भारतीय घातक गेंदबाजी के सामने, पाकिस्तानी टीम मामूली-सा स्कोर बनाकर ऑल आउट हो गयी। वह पूरे पचास ऑवर भी न खेल सकी। पप्पू को एहसास हुआ कि इतने कम रनों का लक्ष्य तो भारतीय टीम तुरंत हासिल कर लेगी। वह अत्यंत दुखी हो गया। बेचैनी के कारण घर में इधर-उधर टहलने लगा। मानसिक द्वंद्व के कारण वह सोच नहीं पा रहा था कि करे तो क्या करे?

तभी उसका अल्लाह की जात पर भरोसा जगा। वह सोचने लगा कि अल्लाह चाहे तो क्या नहीं कर सकता? उसकी मर्ज़ी के बगैर तो एक तिनका भी इधर से उधर नहीं हो सकता। एक बार मौलाना साहब अपनी तक़रीर में फरमा रहे थे, "नाउम्मीदी कूफ्र है। अल्लाह की जात पर हमेशा भरोसा रखो।" यह ब्रह्म वाक्य याद आते ही पप्पू को अँधेरे में रोशनी की किरण दिखाई दी। वह कहने लगा, "अल्लाह चाहे तो अपना चमत्कार दिखाकर पाकिस्तानी टीम को जीत क्यों नहीं दिला सकता?"

इसलिए जब ब्रेक हुआ तो उसने तुरंत वज़ू करके नमाज़ पढ़ी और अल्लाह से पाकिस्तानी टीम के जीतने की रो-रोकर दुआएँ माँगी। आधा-अधूरा यक़ीन होने पर, नमाज़ के बाद भी सजदे में गिरकर काफी देर तक रोया। अल्लाह को पप्पू की लाज़ रखने की दुहाई दी।

मैच दुबारा आरंभ हुआ तो पप्पू टी.वी. के सामने फिर जम गया। उसे विश्व स्तरीय पाकिस्तानी बॉलरों पर पूर्ण विश्वास था कि वे भारतीय बैट्समैनों की धज्जियाँ उड़ा सकते हैं। साथ ही उसके द्वारा माँगी गयी दुआ भी ज़रूर कुछ-न-कुछ असर दिखाएगी। अल्लाह पाकिस्तानी बॉलरों की गैब से मदद करेगा।

लेकिन इस अंधविश्वास के विपरीत भारतीय खिलाड़ियों द्वारा पाकिस्तानी बॉलरों की जमकर पिटाई की जाने लगी। उनके द्वारा जब भी चौका या छक्का लगाया जाता, पप्पू के दिल में कोई काँटा-सा चुभता। वह तड़फ उठता। उसकी हालत बिन पानी के मछली जैसी हो जाती।

जैसे-जैसे भारतीय टीम जीत की ओर बढ़ने लगी वैसे ही पप्पू के दिल की धड़कने भी तेज होने लगी। अचानक वह पगला-सा गया और उसने भारतीय खिलाड़ियों को गालियाँ देना आरंभ कर दिया। पास रखे गिलास को दूर पटका। बेचैनी के कारण फिर से घर में इधर-उधर टहलने लगा। दो-तीन बार मुट्ठी भींचकर दीवार में भी मारी। जितनी तेजी से भारतीय टीम जीत के समीप पहुँच रही थी, पप्पू की धड़कने भी उतनी ही तेजी बढ़ रही थी।

मैच के अंतिम क्षणों में जैसे ही भारतीय खिलाड़ी ने जीत का रन लिया और कमंटेटर ने चिल्लाया कि भारत ने यह मैच जीत लिया है। यह खबर देख व

सुनकर कर पप्पू के दिल की धड़कने इतनी बढ़ी कि उसे हार्ट अटैक आ गया। अपने घर की चारपाई पर धड़ाम से गिरकर उसने दम तोड़ दिया।

सुबह-सवेरे मोहल्ले-पड़ोस के लोगों को जब पप्पू के मरने का समाचार मिला, तो सबने मिलकर आवश्यक धार्मिक क्रिया-कर्म पूरे करके उसको भारतीय सर-ज़मीन के कब्रिस्तान में दफ़न कर दिया।

3

लेखक बनने की दास्तान

किशोर होते ही अचानक मुझ पर कहानियाँ पढ़ने के चस्के का रंग चढ़ना आरंभ हुआ। ऐसा क्यों और कैसे हुआ? यह तथ्य तो ठीक से याद नहीं। लेकिन मेरी रुचि की कहानियाँ, अपनी अटपटी विषयवस्तु के कारण, कुछ अलग तरह की हुआ करती थीं। एक रंगीन प्रवृत्ति वाले दोस्त की सहायता से वे कहानियाँ मुझ तक निरंतर पहुँचा करती थीं। उन्हें घर के बड़ों से हमेशा छुप-छुपाकर ही पढ़ना पड़ता था।

जीवन के उस तूफानी दौर में एक विकृत मनोवृत्ति वाले युवक का भी सानिध्य मिला। उसकी सहायता से 'सरस सलिल', 'मनोहर कहानियाँ' और कुछ अन्य फूहड़ पत्रिकाएँ मिलने लगीं। उन्होंने भी कहानियाँ पढ़ने की रुचि में कुछ वृद्धि की। साथ ही ऐसी पत्रिकाओं ने मेरी रुचि को विकृत करने का भी काम किया। उन्हें पाठ्यक्रम की पुस्तकों में छिपाकर रखना पड़ता था।

युवावस्था में प्रवेश करने पर, धीरे-धीरे साहित्यिक कहानियाँ पढ़ने की ओर रुझान बढ़ने लगा। लेकिन शुद्ध साहित्यिक शैली में लिखी गयी अथवा आदर्शवादी कहानियों ने मुझे अधिक आकर्षित कभी नहीं किया। इसलिए जल्दी ही उनसे मोहभंग हो गया। वे मुझे उबाऊ-पकाऊ लगने लगी।

परिणाम यह निकला कि इरोटीक अथवा कामुक साहित्य के समक्ष मुझे आदर्शवादी साहित्य अधिक लुभा नहीं पाया। इसलिए प्रेमचंद, यशपाल, जैनेन्द्र आदि की अपेक्षा मुझे पाण्डेय बेचन शर्मा 'उग्र', सआदत हसन मंटो और इन्हीं की श्रेणी के कई अन्य विवादास्पद समझे गए कथाकार अधिक पसंद आए। जब साहित्य की ओर रुझान बढ़ने लगा, तो मैं चुन-चुनकर विवादास्पद साहित्य पढ़ने लगा। मुझे हमेशा ही ऐसे कथा-साहित्य की तलाश रहने लगी जो पाठक को अंदर से गरमाए।

विविध प्रकार का साहित्य पढ़कर मैंने, स्वयं यह निष्कर्ष निकाला कि श्लील-अश्लील, आदर्शवादी-फूहड़, अच्छा और गंदा आदि कुछ होता नहीं। यह केवल चीजों को देखने का दृष्टिकोण है। स्त्री-पुरुष संबंधों को जब काव्यात्मक रूप में अभिव्यक्त किया जाता है तो उसे घोर शृंगारिकता कहा जाता है। और जब गद्यात्मक शैली में प्रस्तुत किया जाता है तो अश्लीलता का नाम दे दिया जाता है।

ऊपर जिस जीवन-कालचक्र के समय की बात मैंने की है, वह मोबाइल, इंटरनेट, व्हाट्सएप, फेसबुक, इन्स्टाग्राम आदि का डिजिटल युग नहीं था। अन्यथा हो सकता है, मेरा भी अधिकांश समय यूट्यूब देखने, विडियो गेम खेलने और लड़कियों के साथ इन्स्टाग्राम, व्हाट्सएप, फेसबुक आदि पर चैटिंग करने में ही बीतता। उस समय 'लुगदी साहित्य' पढ़ना भी मनोरंजन का बड़ा संसाधन होता था। इसलिए पाठ्यक्रम की पुस्तकों के समक्ष, मैं 'लुगदी साहित्य' अधिक पढ़ता था।

एक समय ऐसा भी आया कि मुझे इरोटीक अथवा विवादास्पद साहित्य पढ़ने की कुलबुलाहट-सी रहने लगी। खोज-खोजकर इस श्रेणी की कहानियाँ व किताबें पढ़ने लगा। उन्हें अपने पाठ्यक्रम की पुस्तकों में छिपाकर और उनके ऊपर कवर चढ़ाकर रखना पड़ता था। यदि घर वालों को पता चल जाता, तो आप समझ ही सकते हैं, क्या हो सकता था? निश्चय ही शरीर से सतरंगी पसीने निकलते।

जब भी मैं कोई अश्लील या विवादास्पद समझी गयी रचना पढ़ता, तो बार-बार मन में विचार कौंधता, "ऐसी रचना तो मैं भी लिख सकता हूँ। मेरे पास-

पड़ोस में तो इस प्रकार की घटनाएँ होती ही रहती हैं। जिनका मेरे पास भंडार है। मेरे दोस्त भी कई विचित्र प्रकार की घटनाएँ साझा करते हैं। जो बेहतरीन कहानियाँ या उपन्यास बन सकते हैं। उन्हें लिखकर अपना नाम चमकाऊँगा।"

उस समय तक मुझे लेखकों की लेखन शैली, भाषा की बनावट व बुनावट, शैली चमत्कार आदि की अधिक समझ नहीं थी। विषयवस्तु के अतिरिक्त किसी लेखक की लेखन शैली भी पाठकों के मन-मस्तिष्क पर गहरा प्रभाव डालती है, इस तथ्य से मैं अनभिज्ञ था। इसलिए किसी रचना की चामत्कारिक विषयवस्तु से आकर्षित होकर ऐसा सोचा करता था।

'पढ़ने और लिखने का गहरा संबंध होता है' इस सिद्धांत की जब कुछ समझ हुई, तो कई लेखकों की प्रसिद्धि के आकर्षण में फँसकर, मैंने कुछ अटपटा-सा लिखने का प्रयास आरंभ कर दिया। अपने लेखन पर विश्वास न होने के कारण, काफी समय तक उसे किसी के साथ साझा नहीं किया। ऊपर से यह आंतरिक भय भी था कि ताने-उलाहनों के साथ ही गालियाँ भी मिलेंगी। परिवार वालों को पता चल गया तो ज़िंदगी मुश्किल में पड़ सकती है।

इसी अंतराल में, किशोर लड़के-लड़कियों की एक घटना ने मुझे इतना उद्वेलित किया कि परिणाम जानते हुए भी, उस पर एक कहानी लिखकर, बिलकुल सामान्य-सी पत्रिका में प्रकाशित करने हेतु दे दी। पत्रिका एकदम भद्दी और क्षेत्रीय थी। उसके संपादक से तनिक-सी जान-पहचान भी थी। इसलिए कहानी प्रकाशित हो गयी। कहानी प्रकाशित क्या हुई, कि मामा जी को पता चल गया। उसकी विषयवस्तु जानकर, वे डाँटने-फटकारने के अतिरिक्त, पीटने पर भी उतारू हो गए। क्योंकि वे प्राथमिक विद्यालय के एक आदर्शवादी शिक्षक थे। गाँव में उनका काफी सम्मान था। मैं बचपन से उन्हीं के यहाँ रहकर अपनी शिक्षा अर्जित कर रहा था।

मेरी पारिवारिक स्थिति ठीक न होने के कारण, मामा जी ने ही मेरी पढ़ाई-लिखाई की ज़िम्मेदारी ली हुई थी। इसलिए उन्होंने कठोर शब्दों में समझा दिया, "पढ़ना, मतलब पाठ्य पुस्तकें पढ़ना, लिखना, मतलब पाठ्य पुस्तकों के अभ्यासित प्रश्नों को हल करना।"

लेखन के मोह में फँसा, पगलाया मन नहीं माना। इसलिए मामा जी से मिली डाँट-फटकार के बाद भी, मैं छुप-छुपाकर लिखता तो रहा, लेकिन कभी किसी को दिखाया नहीं और उसे प्रकाशित कराने की हिम्मत भी न हुई। कारण स्पष्ट था- पूर्व में मामला केवल डाँट-फटकार तक सिमट गया था। अब भेद खुला तो पिटाई होना तय था। साथ ही पढ़ाई-लिखाई बंद हो जाने का भी खतरा था।

दो परिवारों की साझी संपत्ति होने के कारण मुझ पर हमेशा ही दबाव बना रहता था कि पढ़-लिखकर किसी अच्छे पद को अर्जित करूँ। सभी पारिवारिक सदस्यों की दृष्टि में, पढ़ने का उद्देश्य केवल नौकरी पाने तक ही सीमित था। उन्हें किसी प्रकार की साहित्यिक समझ व उससे जुड़ाव न होने के कारण लेखन से भी कोई सहानुभूति नहीं थी। उनकी दृष्टि में लेखन का अर्थ, समय बर्बाद करना था। 'लेखन' भी कोई 'प्रोफ़ेशन' होता है। इसका शायद उन्हें भान भी नहीं था। इसी कारण रचनात्मक लेखन का काम, कभी-कभी छुप-छुपाकर ही कर लिया करता था। मन मसोस कर हमेशा ही सोचा करता कि जब जॉब पर चला जाऊँगा, खूब लिखा करूँगा।

जॉब पाने हेतु पाठ्यक्रम व पाठ्यचर्या की पुस्तकों को मेहनत से पढ़ना आवश्यक था। कंपटीशन फेस करना था। इंटरव्यू देना था। इसलिए ग्रेजुएशन तक की शिक्षा मामा के घर पर अर्जित करके, पोस्ट ग्रेजुएशन और कंपटीशन की तैयारी साथ-साथ करने के लिए, उनके घर से दूर देवबंद में अपने दोस्त 'मलिक' के साथ रहना आरंभ किया। कुछ कारणों से मलिक के वास्तविक नाम से अवगत न कराकर, मैं यहाँ केवल 'मलिक' ही कहूँगा।

देवबंद में मलिक का बड़ा-सा प्लॉट था, जिसके उत्तर-दिशाभिमुख सड़क वाले हिस्से की तरफ चार दुकानें और अंदर दो साधारण से कमरे बने हुए थे। मलिक मेरा सहपाठी दोस्त था। वह मेरे साथ ही ग्रेजुएशन की परीक्षाएँ देने के तुरंत बाद, अपनी दो दुकानों में किताबों व स्टेशनरी का विक्रेता बन गया था। उसने एक कमरा मुझे रहने हेतु दे दिया।

मैं दिन में कॉलेज जाता अथवा कमरे पर रहकर जमकर अध्ययन करता। मलिक दुकान पर ग्राहकों के साथ मोल-भाव करता। रात्रि के प्रथम प्रहर में जब

हम दोनों मिलते, अपने सुख-दुख एक-दूसरे से बाँटते हुए खूब बतियाते। मलिक को पता था कि मैं थोड़ा बहुत लिखने लगा हूँ। इसलिए वह मुझे कई रोचक किस्से सुनाता। उसका उद्देश्य यही रहता कि मैं उन्हें किसी कहानी का रूप दे सकूँ।

जिस प्लॉट में मैं और मलिक रहते थे, उसके एकदम पीछे एक लड़की का मकान था। नाम था- सोयबा। वह मलिक की दूर की रिश्तेदार थी। जैसे ही मलिक ने 'किताबों व स्टेशनरी' की दुकान आरंभ की वैसे ही उसने भी मलिक की दुकान पर आना-जाना आरंभ कर दिया। पहले-पहल वह कभी-कभार आया करती थी। फिर इस क्रम में तेजी से वृद्धि दर्ज हुई।

वह मलिक के पास बहुत ही छोटी-छोटी विचित्र-सी बातें जानने के लिए आने लगी। जैसे- उसकी दुकान पर न्यूज़पेपर किस समय आता है? मॉडल पेपर कब तक आएँगे? इंटर और ग्रेजुएशन में किस सबजेक्ट में कौन-कौन सी पुस्तकें पढ़ाई जाती है? दुकान पर कितनी वेराइटी और ब्रांड के पेन हैं? नोटबुक कितने प्रकार की आती हैं; आदि, आदि। मलिक समझ गया था कि वह उससे मेल-जोल बढ़ाना चाहती है। इसलिए उसकी दुकान पर आने और बातचीत करने के बहाने ढूँढती है।

कभी-कभी वह काउंटर पर अनेक प्रकार के पेन रखवाकर, उन्हें रफ़ नोटबुक पर चला-चलाकर देखती रहती और उनके बारे में बात करती रहती। इसका संकेत यह होता कि दुकान पर आने वाले कस्टमरों को लगना चाहिए कि वह पेन खरीदने के लिए उनकी जाँच-परख कर रही है। काउंटर पर रखे हुए पेन के प्रॉडक्ट के बारे में बात करने लगती, तो कभी रफ़ व फेयर नोटबुक के पेज के प्रकारों के बारे में जानना चाहती।

जब बातचीत का सिलसिला आगे बढ़ता गया, तो धीरे-धीरे मलिक और सोयबा में प्यार-मोहब्बत की बातें होने लगी। पहले-पहल झिझक और हिचकिचाहट के साथ, फिर एकदम खुलकर। आखिर दोनों नयी उम्र के युवा थे, कब तक स्वयं को रोके रखते?

जिस समय का यह मामला है, उस समय तक मोबाइल का प्रचलन अधिक नहीं हुआ था। उस समय जिसके पास मोबाइल होता था, वह बड़ी हैसियत वाला

व्यक्ति समझा जाता था। मोबाइल से केवल बात कर या सुन सकते थे। कॉल दरें भी काफी महँगी हुआ करती थी। यदि उस समय आधुनिक मल्टीमीडिया वाले मोबाइल फोन होते तो मलिक और सोयबा जल्दी ही व्हाट्सएप, फेसबुक, इन्स्टाग्राम आदि पर चैटिंग करने लगते। उस समय इन सब का काम ग्रीटिंग कार्ड, प्रेम-पत्र या लड़के-लड़की की दोस्त- जिन्हें 'प्रेमदूत' कहा जा सकता है, आदि से लिया जाता था।

उस समय वहाँ के परिक्षेत्र में प्यार के इज़हार की सबसे पसंदीदा वस्तुएँ अँगूठी-छल्ला और रुमाल हुआ करते थे। लड़के या लड़की ने आशिक या माशूका द्वारा भेजा गया, अँगूठी-छल्ला या रुमाल ले लिया तो समझा जाता था कि प्यार करता या करती है। ठुकरा दिया तो समझो, प्यार को लात मार दी गयी।

जब मलिक और सोयबा के बीच प्यार और उसके इज़हार की गाड़ी इधर से उधर दौड़ने लगी, तो दोनों में पत्र व्यवहार आरंभ हो गया। जो बातें पहले सोयबा, मलिक की दुकान के बाहर काउंटर के पास खड़े होकर किया करती थी, अब वह पत्रों के माध्यम से करने लगी।

दोनों के बीच पत्रों का सिलसिला आरंभ होने का बड़ा कारण यह था कि सोयबा को मलिक की दुकान पर अक्सर खड़े रहने के कारण आस-पास के कई दुकानदार 'दाल में कुछ काला' अनुभव करने लगे थे। वे पूछने भी लगे थे कि लड़की कौन है और क्या चक्कर चल रहा है?

इसलिए अब जो भी संवाद होता, पत्रों के माध्यम से होता। दोनों के बीच व्यक्तिगत ज़िंदगी के बारे में सवाल-जवाब होने लगे- पहले से ही किसी की ज़िंदगी में कोई लड़का अथवा लड़की है या नहीं। कैसी लड़की/लड़का पसंद है। शादी-विवाह कैसी लड़की/लड़के से करना चाहेगी/चाहेगा आदि। मन के समस्त भावात्मक पहलू व उद्गार पत्रों के आदान-प्रदान के माध्यम से ही एक-दूसरे के साथ साझा होने लगे।

आप सोचेंगे कि मलिक बहुत अच्छा पत्र लिखता होगा? नहीं, ऐसा कुछ नहीं था। वह तो पत्र लिखने का 'प' भी नहीं जानता था। पढ़ने-लिखने में हाथ

तंग होने के कारण ही उसने पढ़ाई छोड़कर दुकान की थी। ऊपर से वह दिनभर ग्राहकों के साथ मोल-भाव करता था। इसलिए उसे पत्र लिखने का समय भी नहीं मिलता था।

जिस दिन मलिक को सोयबा का पहला पत्र मिला था, वह दौड़ा-दौड़ा मेरे पास आया। हाथ में पत्र सौंपकर कहने लगा, "इसरार! इस पत्र का ऐसा जवाब लिखना कि सोयबा पढ़कर पिघल जाए।" उसने पूर्व में घटित हुआ पूरा घटनाक्रम मुझे विस्तार से समझा दिया। उन दोनों के बीच, वर्तमान में किस प्रकार की परिस्थितियाँ चल रही हैं, इससे भी अवगत करा दिया।

मैंने सोयबा का पत्र कई बार पढ़ा और उसके धमाकेदार उत्तर की मन में रूपरेखा बनायी। मन पूरी तरह उसी पर केंद्रित किया। फिर एक-एक शब्द व पंक्ति पढ़ते हुए, उत्तर स्वरूप बहुत ही सुंदर भावात्मक पत्र लिख डाला। उस पत्र को लिखने में मुझे रात के दो बज गए थे। जो भी बातें लिखी गयीं थीं, शे'र-ओ-शायरी के माध्यम से लिखी। अपने साथ पढ़ने वाले एक शायर दोस्त 'शेर-अफ़गन' के कई शे'र व शायरियों का पत्र में ठूँस-ठूँस कर प्रयोग किया। कुछ ज्यों की त्यों ले ली गयी और कुछ में पत्र की विषयवस्तु के हिसाब से संशोधन भी किया। उस वक़्त अंदर कुछ ऐसी हलचल हुई थी कि पत्र लिखते समय मैं किसी कवि का अवतार बन गया था।

पत्र लिखने के बाद मुझे ऐसा अनुभव हुआ कि मैं कहानियाँ लिखने के साथ ही शे'र-ओ-शायरियाँ भी रच सकता हूँ। पत्र में लिखी गयी अपनी मौलिक शायरियाँ, मलिक और सोयबा को पसंद आयी हों या न आयी हों लेकिन उन्हें पढ़कर मुझे बहुत आनंद आया था। आख़िर वे मेरी मानसिक संतानें जो थीं।

बाद में सोयबा की ओर से काफी सुंदर और भावात्मक रूप से लिखे गए पत्र आने लगे। उनमें भी कई सुंदर शायरियाँ हुआ करती। लेकिन अधिकांशत: वे कहीं न कहीं से कॉपी की हुई होती। हो सकता है, कुछ मौलिक भी हों। एक सप्ताह में कम से कम एक पत्र अवश्य आने लगा। कभी-कभी दो भी आ जाते थे। उन सबके जवाब लिखने की मेरी ज़िम्मेदारी बन गयी। मैं रात-रात भर जागकर पत्रों के जवाब लिखने लगा।

जवाब लिखने के दो कारण थे- एक तो मुझे लगने लगा था कि मेरे अंदर का सोया हुआ कवि या लेखक जागने लगा है। ऊपर से मलिक का एहसान भी था। मैं उसके यहाँ जिस कमरे में रहता था, वह मुझसे किसी प्रकार का कोई किराया आदि नहीं लेता था। कभी-कभी मलिक के गाँव से मेरे लिए खाना भी आता था। इसलिए किसी न किसी रूप में मुझे मलिक का एहसान चुकाना था। सोचा, 'उसके लिए पत्र लिखकर ही सही।'

जब सर्दियाँ आयीं तो मलिक ने पास के एक लकड़ी की टाल से काफी लकड़ियाँ खरीद ली, जिससे सर्दी से बचने के लिए हम दोनों सुबह-शाम आग ताप सकें। शाम को जब हम दोनों प्लॉट के बीच, खुले आसमान के नीचे आग तापते हुए गप्पे लगाते, बतियाते हुए जोर-जोर से हँसते तो अपने मकान की छत पर चढ़कर हम दोनों को सोयबा देखा करती।

कुछ ही दिन बाद वह भी अपनी अम्मी के साथ शाम को आग तापने प्लॉट में आने लगी। इस समय तक प्यार की आग उन दोनों के अंदर सुलग उठी थी। इसलिए सोयबा अक्सर मलिक को चोर नज़रों से देखा करती। लेकिन उस पर लाइन मारने का उसे अधिक अवसर नहीं मिलता था। क्योंकि मलिक और सोयबा दूर के रिश्तेदार थे, इसलिए उसकी अम्मी घर-परिवार की बातें करने में मलिक को अधिक उलझाए रखती।

जब वे लोग आपस में बातें करते, मैं हमेशा ही खामोश बना रहता। न तो मेरी उनकी घरेलू बातों में कोई दिलचस्पी थी और न उनसे कोई सरोकार। जब सर्दियाँ अधिक बढ़ने लगी, तो सोयबा की अम्मी अपने बीमार पति की सेवा में संलग्न हो गयी। इसलिए शाम को सोयबा ने अकेले ही आना आरंभ कर दिया। वह कभी-कभी हम दोनों के लिए चाय भी बनाकर लाने लगी।

सर्दियों के बीच नया साल आया। उस समय 'हैप्पी-न्यू-इयर' के ग्रीटिंग कार्ड देने का बहुत प्रचलन था। यार-दोस्त, प्रेमी-प्रेमिकाएँ, रिश्तेदार आदि सभी एक-दूसरे को बड़े शौक से ग्रीटिंग कार्ड दिया करते थे। उनमें बड़ी प्यारी शे'र-ओ-शायरियाँ लिखी जाती थीं।

मलिक ने मुझे भी 'न्यू-इयर' को आधार बनाकर कुछ लिखने का आदेश

दिया। वह ग्रीटिंग कार्ड पर लिखकर सोयबा को देना चाहता था। आदेश मिलते ही रात में कुछ इस प्रकार लिखा गया-

ग्रीटिंग पढ़ने से पहले, आपको नमस्ते।

नया साल मुबारक हो, तुम्हें हँसते-हँसते॥

जीवन में आपके, खुशियाँ बेशुमार लाए।

इसी दुआ के लिए, मेरे हाथ तरसते॥

दुःख का साया भी न पड़ने पाए आप पर।

खुशियों के बादल रहे दिन-रात बरसते॥

काँटे भी फूल बन जाए, आपके पथ के।

क़दम जहाँ रखो तुम, फूल बिखेरें रस्ते।

बस इसी दुआ के लिए मेरे हाथ तरसते॥

बाद में मलिक ने मुझे बताया कि सोयबा ने उक्त ग़ज़ल पढ़कर मुझे (मलिक को) शायर होने का ख़िताब दिया है। वह जानना चाहती है कि मैं (अर्थात् मलिक) इतनी अच्छी शे'र-ओ-शायरियाँ कैसे लिख लेता हूँ?

सोयबा को हमेशा यही लगता था कि उसके और मलिक के बीच जो पत्र-व्यवहार चल रहा है, उसकी मुझे कोई जानकारी नहीं। वह मुझे बहुत ही सज्जन, शरीफ और एकदम भोला समझती थी। मुझे एक कैरियर बॉय मानकर अक्सर कटाक्ष किया करती थी, "इसरार भाई को तो अपनी किताबों के सिवा किसी से कोई मतलब-वास्ता नहीं। रात-दिन बस पढ़ते ही रहते हैं, पढ़ते ही रहते हैं। ये अपनी किताबों से इतना प्यार करते हैं कि उनके सामने किसी लड़की की मोहब्बत को भी ठुकरा देंगे। इन्हें फ़ैशन-परस्ती, सजने-सँवरने का कोई शौक नहीं। कपड़े भी कितने सिंपल पहनते हैं...।"

सोयबा की बातें सुनकर, मैं अक्सर हँसी-मज़ाक में टाल दिया करता। उसके सामने अपने व्यक्तिगत जीवन और मलिक के विषय में, कोई भी वास्तविकता प्रकट नहीं करना चाहता था। उस समय मेरी स्थिति किसी दब्बू पात्र जैसी होती थी।

जब मलिक और सोयबा के बीच पत्र-व्यवहार जोरों पर था, ठीक उसी समय मलिक की मँगनी (सगाई) हो गयी। सोयबा से नहीं किसी और लड़की से। मलिक, सोयबा के प्रति अधिक आकर्षित भी नहीं था और न उसके बारे में शादी-विवाह को लेकर गंभीर था। वह सोयबा से काफी बड़ी हैसियत वाला लड़का था। मँगनी उसके पापा ने अपने एक दोस्त की बेटी के साथ तय की थी, इसलिए इंकार-विंकार को लेकर मलिक की कोई चलने वाली भी नहीं थी।

मलिक ने मेरे माध्यम से सोयबा को जो भी पत्र लिखे थे, उनमें भी कहीं स्पष्ट रूप से कोई ऐसा संकेत नहीं था कि वह (मलिक) सोयबा से मोहब्बत करता है। जो भी बातें लिखी गयी थी, वे सब बहुत ही गोल-मोल तरीके से और घूमा-फिराकर लिखी गयी थी। उन पत्रों को पढ़ने वाला कोई भी व्यक्ति उन्हें अच्छी शायरियाँ अथवा गजलें कहता। यह बात, मैं यक़ीन से इसलिए कह सकता हूँ क्योंकि सभी पत्र मैंने ही लिखे थे।

एक दिन मलिक ने मुझसे कहा था, "इसरार भाई! एक ऐसा पत्र लिखो जिसमें सोयबा की खूब तारीफ़ें हों। उसको ऐसा लगे कि मैं (मलिक) उसे पसंद करता हूँ। प्यार का इज़हार होकर भी नहीं लगना चाहिए कि मैं सोयबा से प्यार करता हूँ।"

यह सुनकर मैं सोच में पड़ गया। काफी सोचा, लेकिन मज़मून बना ही नहीं। जब दो दिन बीत गए तो मैंने इस समस्या के बारे में, अपने शायर दोस्त शेर-अफ़गन को बताया। उसने ऐसी विषयवस्तु पर पहले से ही एक गज़ल रची हुई थी। वह रचना मौलिक थी या कहीं से चुराई हुई, यह मैं विश्वास के साथ नहीं कह सकता। फिर भी उसने वह मुझे दे दी और कहा, "इसमें अपनी ज़रूरत के हिसाब से बदलाव कर लेना। या फिर जैसा तुम्हें ठीक लगे... ।"

वह गज़ल मुझे काफी पसंद आयी और मलिक के लिए उचित भी दिखाई दी। उसमें कुछ संशोधन करके और एक-दो नए शे'र जोड़कर मलिक को दिखाया। उसे पढ़कर मलिक इतना खुश हुआ कि उसने मेरा हाथ चूम लिया। मैं जानता था कि यह मेरा ही नहीं, शेर-अफ़गन का भी कमाल है। वह गज़ल कुछ इस प्रकार थी। जिसमें मैंने मलिक की सिचुएशन के हिसाब से कई संशोधन व बदलाव किए थे।

तुमने दिखाए मुझको, कमाल इन दिनों ।

हुस्न की बनी हो, तुम मिसाल इन दिनों ॥

आँचल हवा में तुम्हारा, धीरे से उड़ गया ।

रखती हो इसलिए ही, अब शाल इन दिनों ॥

नज़रों ने खाया धोखा, या तुम ही बदल गयी ।

क़ातिल बनी है तुम्हारी, बस चाल इन दिनों ॥

कैसे बचोगी अब तुम, आशिक-ए-नज़र से ।

परेशान कर रहा है, ये सवाल इन दिनों ॥

तीर, तलवार की ज़रूरत तुम्हें नहीं अब ।

कर रही हो नज़रों से हलाल इन दिनों ॥

न दिन को चैन है अब, न रातों को सुकून ।

हुआ जाता है बुरा, अब हाल इन दिनों ॥

कैसे बताएँ जानम, तुमको भूलते नहीं ।

रातों को आए तुम्हारा, अब ख़याल इन दिनों ॥

मलिक के पत्रों में लिखी शायरियाँ और ग़ज़लें पढ़कर सोयबा पगला-सी गयी। साहित्य की मार से शायद उसका हृदय ज़ख्मी हो गया था। इसलिए वह मलिक से अक्सर कहा करती, "तुम्हारे पत्र पढ़कर, मेरे तन-बदन में बेचैनी सी होने लगती है। ऐसा लगता है, तुम्हारे पत्र दुआ (मंत्र) पढ़कर दम किए होते हैं। उनका एक-एक शब्द चाकू की धार जैसा पैना होता है। तुमने मुझे कुछ करा तो नहीं दिया?"

सोयबा का मतलब तंत्र-मंत्र या किसी तागे-तावीज़ से था। मलिक ने क़सम खाकर उसे यक़ीन दिलाया कि ऐसा कुछ नहीं। मैं जो कुछ करता हूँ अपने दम पर करता हूँ, किसी मौलवी-मुल्ला या तांत्रिक के दम पर नहीं। मुझे स्वयं पर काफी भरोसा है।

मलिक की मँगनी के कुछ ही दिन बाद, उसके और सोयबा के बीच होने वाले

पत्र-व्यवहार की जानकारी मलिक के पापा को हो गयी। उन्हें यह जानकारी कैसे और कहाँ से मिली, यह मुझे ठीक से ज्ञात नहीं। लेकिन पूरा मामला जानकर उन्हें लगा कि यदि कुछ किया न गया, तो लड़का हाथ से निकल जाएगा। क्योंकि उन्होंने अपने दोस्त की लड़की के साथ मलिक का पहले से ही रिश्ता तय किया हुआ था। इसलिए उन्होंने जल्दी ही उसकी शादी कर दी।

मलिक की शादी होने के बाद, समय ने तेजी से करवट बदली। उसके प्लॉट के बराबर से ही सोयबा के घर का रास्ता जाता था। उस रास्ते पर पश्चिम दिशा की ओर, मलिक के प्लॉट का भी दूसरा गेट था। उस गेट के कारण मलिक के पापा और सोयबा की अम्मी का झगड़ा हो गया। कानूनी दाँव-पेंच, मुकदमें आदि भी खूब हुए। इसलिए उपर्युक्त दो कारणों से सोयबा का मलिक के साथ पत्र-व्यवहार और उसकी दुकान पर आना पूर्णत: बंद हो गया।

कुछ समय बाद संयोग ऐसा बना कि सोयबा की मेरे मामा 'जावेद' के साथ शादी की बात तय हो गयी। जावेद मेरे एकदम सगे मामा नहीं थे। वे मेरी अम्मी के चाचा के सबसे छोटे लड़के थे। उम्र में मुझसे कुछ वर्ष ही बड़े थे। वे आर्मी में जर्नल गार्ड हो गए थे। जोड़ी अच्छी बनी, दोनों परिवारों की सहमति हुई, तो तुरंत शादी भी हो गयी।

मलिक, मैं और सोयबा अपनी-अपनी ज़िंदगियाँ अपने-अपने तरीकों से जीने लगे। मुझे इस बात का सुकून था कि मैंने मलिक के लिए जो ढेर सारे पत्र लिखे, उन्होंने मेरे अंदर छिपे लेखक को जगाने में काफी मदद की थी। साथ ही मलिक मुझे अपने निजी जीवन, विभिन्न ग्राहकों और आस-पास के दुकानदारों के जो रोचक किस्से बताया करता, उन्हें मैं कहानी के रूप में लिख लिया करता। वे कहानियाँ जब पाठकों ने पढ़ी तो कुछ ने काफी सराही और कुछ ने मुझे जी भरकर गालियाँ भी दी।

उच्च शिक्षा प्राप्त करने के बाद, मैं जॉब करने लगा। जब कभी समय मिलता, अपने मामा के यहाँ अवश्य जाता। क्योंकि मेरी आरंभ से लेकर स्नातक की शिक्षा मामा के घर रहकर ही हुई थी। उस घर से गहरा भावात्मक लगाव था। जब भी मामा के घर जाता, मैं अकसर सोयबा से भी मिलता। वह मेरे सगे मामा के घर के बराबर में अपने ससुराल में संयुक्त परिवार के साथ रहती थी।

अब वह मेरी मामी बन चुकी थी।

जब भी सोयबा से मुलाक़ात होती, वह अक्सर हँसी-मज़ाक करते हुए हमेशा मुझ पर कटाक्ष किया करती, "इसरार भाई! आप इतनी अच्छी जॉब करते हो, अब तो थोड़ा फ़ैशन-वैशन कर लिया करो। आज भी एकदम सिंपल कपड़े पहनते हो। रहन-सहन में भी ज़रा-सा बदलाव नहीं आया। समय के साथ बदलना सीखो...।"

अपनी व्यक्तिगत ज़िंदगी के बारे में मुझे बात करना पसंद नहीं था। इसलिए सोयबा मामी से केवल इतना ही कह देता, "मुझे सिंपल ज़िंदगी जीना पसंद है। मैं अपने बड़प्पन का दिखावा नहीं करना चाहता। मुझे 'सादा जीवन, उच्च विचार' का सिद्धांत पसंद है।"

कुछ वर्ष अपने गृह-क्षेत्र में जॉब करने के बाद, नयी नियुक्ति के रूप में मेरा ट्रांसफर काफी दूर हो गया। इसलिए कई वर्षों तक मामा के घर जाना नहीं हुआ। यदि गया भी तो केवल कुछ ही घंटे के लिए। इतना समय नहीं मिला कि सब से ठीक से मिल या बातचीत कर सकूँ।

एक बार लंबी छुट्टियों में जब अवसर मिला तो अधिक समय मामा के घर पर बिताया। सोयबा से मुलाक़ात हुई, तब तक उसके दो बच्चे- एक लड़का और एक लड़की हो चुके थे। जब सोयबा से बतियाने लगा तो उसने पुराने किस्से-कहानियाँ दोहराना आरंभ कर दिया। वह हँसी-मज़ाक में यह भी बताने लगी कि उसे उसके बच्चे "फौजी फौज में, पड़ोसी मौज़ में" कहकर चिढ़ाते हैं। शायद वे इस बात का सही मतलब जानते भी नहीं। लेकिन जब मैं उन्हें डाँटती हूँ, तो यह वाक्य बोलकर और ज़्यादा चिढ़ाते हैं।

यह मामला मुझे मज़ेदार जोक-सा लगा। इसलिए मुझे जोर से हँसी आ गयी।

बातों का सिलसिला आगे बढ़ा तो मेरे अविवाहित रह जाने का कारण, मेरे रहन-सहन की साधारणता, किसी लड़की-महिला आदि से स्नेहमयी कोई बात न करना, अपने आप में ही खोए रहना आदि को मानते हुए, सोयबा मुझ पर फिर से कटाक्ष करते हुए कहने लगी, "इसरार भाई! आप बहुत सीधे हो। शायद आपने

कभी किसी लड़की से प्यार की कोई बात नहीं की है। अगर किसी ने कोई भाव भी दिया होगा, तो तुमने उसकी ओर देखा तक नहीं होगा। तुमने तो ज़िंदगी में कभी किसी लड़की को एक ख़त तक नहीं लिखा होगा।"

उस समय मैं काफी रोमांटिक मूड में था। इसलिए यह कटाक्ष सुनते ही मैं स्वयं को रोक नहीं पाया। थोड़ा गंभीर होकर सोयबा को बता दिया, "कुछ वर्षों पहले मलिक जो पत्र तुम्हें देता था, उन्हें मैं ही लिखता था। मलिक को तो पत्र लिखने का 'प' भी नहीं आता था। बहुत-सी लड़कियों को पत्र भले ही न लिखे हों, लेकिन एक लड़की को मैंने सैकड़ों पत्र लिखे हैं।"

इतना सुनते ही सोयबा के चेहरे के भाव बदल गए। वह हँसने के स्थान पर गुस्सा हो गयी। साथ ही उसकी त्योरियाँ भी चढ़ गयी। कहने लगी, "तुम देखने में तो बड़े शरीफ़ लगते हो। लेकिन अंदर से हरामी हो। तुमने मुझे बेवकूफ़ बनाया। तुम्हें मेरे और मलिक के बारे में सब पता था। जानकर भी अंजान बने रहे...।"

कुछ और बातें बोलते-बोलते सोयबा ने पैर से चप्पल निकालना आरंभ किया। मैं उसका इरादा भाँप गया। इसलिए तुरंत कुर्सी से उठते ही, दरवाजे की ओर दौड़ लगायी। पंछी जाल से उड़ता देखकर, सोयबा ने चप्पल फेंककर मारी, जो मेरी कनपटी पर जाकर लगी। ख़ुदा का इतना शुक्र रहा कि खून-वून नहीं निकला। अन्यथा मामला मरहम-पट्टी का भी बन सकता था।

गालियाँ खाने और पिटाई होने के बाद, फिर कभी मैंने सोयबा के घर की ओर रुख़ नहीं किया।

4

साढ़े-बारह

"अरे यार, जल्दी कर...जल्दी। देखता नहीं क्या, टाइम निकला जा रहा है। एक तो आज वैसे ही लेट हो गए। ऊपर से तू देरी कर रहा है। ये हथौड़ा-वथौड़ा एक तरफ फेंक, छेनी को दराज में डाल। बाकी काम बाद में निपटाएँगे। साढ़े-बारह बज चुके हैं। कॉलेज की छुट्टी हो गयी होगी। वे आने ही वाली हैं। कॉलेज और फैक्ट्री के बीच का रास्ता, है ही कितना? मुश्किल से पन्द्रह-बीस मिनट लगते हैं, उन्हें यहाँ तक पहुँचने में। इस काम को मार गोली, अपना शैडयूल चेंज नहीं करेंगे। भले ही फैक्ट्री बंद हो जाए...।" रहीम, फहीम और जुनैद ने भाग-दौड़ सी करते हुए एक-दूसरे को निर्देश से देते हुए कहा।

एकाएक तीनों ने गंड़ासा बनाने की बड़ी-सी वर्कशॉप- जिसे वे फैक्ट्री कहते थे, का काम बीच में ही छोड़कर शीघ्रता से स्नान किया। वर्कशॉप के काले-चिट्टे कपड़े उतार कर नए धारण किए। बालों को आधुनिक स्टाइल से सजाया, पाउडर से पसीने की बदबू को दूर किया और बन-ठन कर वर्कशॉप के बिलकुल सामने गेट पर खड़े हो गए।

तीनों सजे-सँवरे ऐसे खड़े थे जैसे अभी-अभी ब्यूटीपार्लर से निकलकर आए हों। अथवा किसी शोरूम के गेट के समीप विज्ञापन स्वरूप दर्शाने के लिए

मूर्तियाँ खड़ी की गयी हों। तीनों बगलों में हाथ दबाए, रास्ते को अपलक निहारते, स्वयं को अत्यधिक गौरान्वित अनुभव कर रहे थे। रास्ते को निहारने का एक पल भी चूकना नहीं चाहते थे।

कुछ समय बाद कॉलेज ड्रेस पहने, स्कूल बैग पीठ पर लटकाए तीन हमउम्र लड़कियाँ आती दिखायी दीं। लड़कियाँ चिड़ियों की भाँति अटखेलियाँ करती, एक-दूसरे पर थोड़ा आक्षेप, थोड़ा व्यंग्य, हँसी-मज़ाक सी करती हुई जैसे-जैसे समीप आती गईं, लड़कों के दिलों की धड़कने तेज होने लगी। लड़कियाँ बिलकुल क़रीब से गुजरी तो तीनों पर बिजलियाँ गिर गयी।

एक ने होठों पर तीन अँगुलियाँ रखकर, फ्लाइंग किस्स का संकेत किया। पुच...s...s, की आवाज़ मुख से जोर से निकाली। दूसरे ने दिल पर हाथ रखकर, ठण्डी आह सी भरी, जैसे किसी ने बर्फ का टुकड़ा दिल पर रख दिया हो। तीसरे ने दोनों हाथ फैलाकर 'आय-हाय-हाय' की आवाज़ मुख से निकालते हुए सिर को दाएँ-बाएँ हिलाया। उसको देखकर ऐसा लगा, जैसे उसके प्राण-पखेरू उड़ने वाले हैं।

लड़कियों ने थोड़ा-सा भाव दिया। कजरारी आँखों के तीर उन पर फेंक कर उन्हें घायल भी किया। सीना तान कर, अंगों में कशिश पैदा की। स्वयं के वक्षों को देखकर उन पर दुपट्टा खींचकर लड़कों को लुभाया। लड़कों के समीप से निकलते ही, तीनों ने जोर से ठहाका लगाकर, आग में घी डालने का काम किया। लड़कियों के हाव-भाव को देखकर यही लगा, 'मामला गम्भीर है। हँसी तो फँसी।'

पिछले एक वर्ष से यही सिलसिला चला आ रहा था। बात न तो इससे आगे बढ़ी थी और न पीछे ही हटी थी। मामला देखम-देख पर अटका हुआ था।

रहीम, फहीम और जुनैद रोज नए स्टाइल से सजते-सँवरते और नियत समय पर इन्टर कॉलेज की लड़कियों पर लाइन मारने के स्टाइल में उन्हें ताकते। उन्हें नज़रों के तीरों से घायल करने की जी-जान से कोशिश करते। बड़े उत्साह से खरीदी गयी 'लव गुरु' नामक किताब की अलग-अलग युक्तियाँ अपनाते।

केवल इतना ही नहीं, उन लड़कियों को अपनी ओर आकर्षित करने के

लिए उन्होंने कई अन्य नुस्खे भी अपनाए- मौलवियों से तागे-तावीज़ बनवाए। जैसा मौलवियों ने बताया, वैसा अमल किया। तांत्रिकों पर हजारों रुपयों की बलि चढ़ाई। लड़की पटाने वाले कई टोने-टोटके भी किए। परन्तु मोहिनियाँ मोहित न हो सकी।

मौलवियों और तांत्रिकों की विद्या ने कमाल नहीं दिखाया तो निराश होकर तीनों ने 'लव गुरु' नामक पुस्तक खरीदी थी। प्रतिज्ञा स्वरूप यह निर्णय किया था कि अब तंत्र-मंत्र से नहीं, फिल्मी स्टाइल में लड़कियाँ पटाकर दिखाएँगे। ये तावीज़-गंडे, मंत्र-तंत्र सब ढोंग है। सज्जन लोगों को छलने का ये सबसे बड़ा हथियार है।

लेकिन एक वर्ष का समय और रुपया बर्बाद करने के बाद भी, वे तीनों उनके नामों तक का पता नहीं लगा सके थे। केवल इतना जान पाए थे, 'लड़कियाँ कस्बे के इस्लामिया इंटर कॉलेज में पढ़ती हैं।'

उनकी फैक्ट्री के सामने से निकलकर, किसी गाँव में जाती हैं या कस्बे में ही कहीं लुप्त हो जाती हैं, वे यह भी नहीं जानते थे। उनकी कक्षाओं तक के विषय में ज्ञात नहीं था, उन्हें। परन्तु लड़कों को विश्वास था, तीनों लड़कियाँ एक ही कक्षा में पढ़ती हैं। क्योंकि उनके बैग समान रूप से मोटे होते हैं। उनकी आयु एक समान है। तीनों हमेशा साथ रहती हैं।

एक बार प्रयास भी किया था, उनकी कक्षाओं और नाम आदि के विषय में जानने का। उनसे बात करने सीधे कॉलेज में पहुँच गए थे। परन्तु कॉलेज गेट से ही लौट आए थे। क्योंकि स्वभाव से अत्यन्त सख्त प्रिंसिपल के डंडे की मार, एक अन्य मनचले-शोहदे पर पड़ते देख, घिग्गी बँध गयी थी उन तीनों की। बेचारा एक लड़की द्वारा फँसा दिया गया था। जिसे कॉलेज के आँगन में प्रिंसिपल और कई अन्य शिक्षकों द्वारा घेर कर पीटा जा रहा था।

उन तीनों की भी भनक प्रिंसिपल को लग गयी। बस फिर क्या था? चपरासी तक ने हाथ में डंडा लेकर कुत्ते के समान पीछा किया था उन तीनों का। फेंककर मारा गया डंडा जुनैद के सर में लगा था। तुरंत लाल-लाल खून के दर्शन हुए थे। ऊपर से कई मोटी-मोटी गालियाँ भी सुनने को मिली थी।

अंतर्संबंध और अन्य कहानियाँ

फिर कभी हिम्मत न हुई उधर रुख करने की। सारी मजनूगिरी भूल गए थे। उसके बाद फैक्ट्री के गेट पर खड़े होकर ही मामला जमाना शुरू कर दिया था।

उन तीनों की दिनचर्या में 'साढ़े-बारह' का समय नियत था। इस समय वे अर्जेन्ट से अर्जेन्ट काम भी त्याग देते थे। बीच का लंच-समय भी उन्होंने इसके साथ जोड़ रखा था। साढ़े-बारह के तुरंत बाद वे सज-सँवरकर लड़कियों को घूर-घूर कर देखते। "चुराके दिल मेरा गोरिया चली.... ।" वाले अंदाज़ में उन पर लाइन मारते। फिर खाना खाने बैठ जाते। बीच-बीच में हँसी-मजाक करते हुए, गप्पे लगाकर यह जानने का प्रयास करते, 'मामला कहाँ तक पहुँचा है?'

परन्तु वास्तविक स्थिति तीनों को ज्ञात थी। प्यार की नाव में तैरना तो दूर, अभी वे सवार भी नहीं हो सके थे। फिर भी हाव-भाव का एक खिंचाव था जो उन लड़के-लड़कियों को एक-दूसरे के प्रति आकर्षित किए हुए था। सर्दियाँ आने पर वे लड़के अपने शैडयूल में थोड़ा-सा परिवर्तन कर लेते। कॉलेज टाइम चेंज होने पर वे तीनों साढ़े-बारह के स्थान पर साढ़े-तीन बजे अपने कार्य को प्रगति पर पहुँचाते और रात्रि के नौ-दस बजे तक फैक्ट्री में काम करते।

फैक्ट्री के मालिक, शमीम साहब भी उन तीनों को समझाते-समझाते सर पकड़ लेते थे, "देखो यार, ये प्यार-व्यार कुछ नहीं होता, केवल कुछ समय की सुखद अनुभूति है, फिर दुःख ही दुःख है। समय बर्बाद करके तुमने उन्हें पा भी लिया, तो मेरी तरह जीवन भर पछताना पड़ेगा। प्यार वो आग है, जो भस्म करने के बाद भी शांत नहीं होती।"

शमीम साहब की उम्र चालीस से ज्यादा नहीं थी। उन्होंने प्यार की आग में जलकर 'लव मेरेज' की थी, जो सफल नहीं हो पायी थी। इसलिए वे हमेशा उन तीनों को प्यार से बचकर चलने की हिदायत देते रहते थे। लेकिन उनका व्यवहार, उन तीनों के साथ फ्रेंकली और एकदम दोस्तों जैसा था। इसलिए वे उन तीनों को समझाते हुए कभी-कभी प्यार को 'हड़काए कुत्ते' की संज्ञा दे डालते। जिसके एक बार काटने पर, बारह वर्ष तक हड़क उभरने का अंदेशा रहता है।

शमीम साहब की बातें सुनकर उन तीनों का केवल एक ही जवाब रहता,

"जनाब! आपको अपने काम से मतलब। आपको अपना हर काम समय पर फिट मिलता है और आगे भी मिलता रहेगा। उसके लिए हम ऑवर टाइम करें या रात को काम करें। लेकिन साढ़े-बारह से दो बजे के बीच, हमें उन्हें देखने से कोई नहीं रोक सकता।"

फैक्ट्री में कितना भी ज़रूरी काम क्यों न हो? कितने भी ऑर्डर बुक क्यों न हो? नौकरी चली जाने का खतरा ही क्यों न हो? रहीम, फहीम और जुनैद फैक्ट्री का काम छोड़कर निर्धारित समय पर कॉलेज की लड़कियों को चाह भरी दृष्टियों से घूरना नहीं भूलते थे। मामला जमाने के लिए उन्होंने कस्बे की एवन दुकानों और जनरल स्टोरों से कीमती व महँगे शैम्पू, साबुन, सुगन्धित तेल, इत्र आदि भी जमकर प्रयोग किए। परन्तु मामला ज्यों का त्यों बना रहा। तीनों बन्दे खाना-पीना भूल सकते थे, लेकिन साढ़े-बारह से दो बजे के बीच उन लड़कियों को आह भर-भरकर देखना नहीं भूलते थे।

लड़कियाँ भी कुछ ऐसी शरारती थी कि उन तीनों को देखते ही चटक-मटक करके, हाव-भावों में आकर्षण उत्पन्न करके उन्हें लुभाने का खूब प्रयास करती। कभी कनखियों से देखती तो कभी एकटक देखते हुए पलकें तक न झपकती। कभी दुपट्टे को गले से खींचते हुए, सीने पर हाथ फेरकर उसे ढाँपती। उन लड़कों को देखकर, कभी खिलखिलाकर हँसती तो कभी बंद होंठों से मुस्कराती। कभी-कभी तो ऐसा स्वांग रचती कि तीनों को लगता, 'बस फँसने ही वालीं हैं।'

किसी त्यौहार आदि की छुट्टी के कारण, जब कॉलेज सूना रहता, उन लड़कों की दुनिया वीरान हो जाती। सड़कों पर चहल कदमी तो रहती पर उनके अरमान मरे रहते। एक-दूसरे का चेहरा भी देखना पसंद न करते। कार्य में कोई रूचि नहीं, एकदम कछुआ चाल। हाव-भाव का जोश ठंडा। साढ़े-बारह बजते ही दबी इच्छाएँ भूचाल का रूप न धारण करतीं। किसी के प्यार से पुकारने पर भी, चिढ़कर बोलते।

शमीम साहब कोई काम करने को कहते तो, ठंडे लोहे के समान मोड़ते इधर को, मुड़ते उधर को। उनके रुख और व्यवहार को देखकर ऐसा लगता, 'अपने-अपने अब्बुओं की कब्र पर मिट्टी डालकर आए हों।'

इसके ठीक विपरीत, कॉलेज खुलने के दिन, चेहरा गुलाब-सा खिला रहता। उत्साह के भाव स्पष्ट झलकते। कोई बुरा-भला भी कहता तो हँसकर टाल देते। सभी काम साढ़े-बारह को ध्यान में रखकर बड़ी रफ़्तार से किए जाते। काम कितना भी कठिन क्यों न हो, साढ़े-बारह तक पूरा करना उनका लक्ष्य रहता। उस दिन तीनों गर्व से सीना फुलाकर कहते, 'आज प्यार से मुलाकात होगी।'

फैक्ट्री के मालिक शमीम साहब खुशमिज़ाज इंसान थे। अपने यहाँ काम करने वालों के साथ उनका व्यवहार बहुत अच्छा रहता था। फैक्ट्री का प्रत्येक व्यक्ति उनसे प्रसन्न रहता था। बनिये के समान अपने नौकरों से काम लेना भी, वे भली प्रकार जानते थे। एक बार यदि किसी व्यक्ति ने उनके यहाँ काम कर लिया, तो दो गुनी पगार मिलने पर भी दूसरे के यहाँ काम करना अपनी शान के खिलाफ समझता था। वे अक्सर अपने नौकरों में से किसी न किसी पर चुटकियाँ ले-लेकर सबको हँसाते रहते थे।

शमीम साहब अच्छी तरह जानते थे- रहीम, फहीम और जुनैद साढ़े-बारह की छुट्टी किसी भी कीमत पर कैंसिल नहीं कर सकते। फिर भी वे उन पर चुटकियाँ ले-लेकर उन्हें छुट्टी न करने की अक्सर सलाह देते रहते थे। उनके स्नेहमयी प्यार की आग में घी डाल-डालकर उन्हें उकसाते रहते थे। स्वयं का उदाहरण देकर उन्हें चिढ़ाते भी थे, "सालो! मैंने अट्ठारह साल की उम्र में लव मैरेज कर ली थी, तुम बीस के सनडम-सनडे आज तक उनकी...नहीं उखाड़ सके। नाम-पता तक ज्ञात नहीं उनका, चले इश्क लड़ाने।"

एक दिन उन तीनों को उकसाते हुए शमीम साहब बोले, "सीजन चल रहा है, गंड़ासे की बहुत माँग है, कुछ दिन बीच में साढ़े-बारह पर छुट्टी मत करना, प्रतिदिन तुम्हें पाँच-सौ रुपए रुपये मंथली सैलरी से अलग दूँगा।"

इस लालच के प्रतिस्वरूप उन तीनों का एक ही जवाब था, "इस समय के लिए आप हमें पाँच-सौ तो क्या, पाँच-हजार भी दीजिए, हम अपना शैडयूल चेंज नहीं कर सकते। इस समय के लिए तो हम म-ल-कुल मौत (मौत का फ़रिश्ता) से भी समझौता नहीं कर सकते।"

शमीम साहब ने मसखरे अंदाज़ में जब अधिक जोर डालना चाहा, तो उन तीनों ने काम करने से इनकार कर दिया। इतना ही नहीं अपनी-अपनी नौकरियाँ भी छोड़ने को तैयार हो गए। इसलिए शमीम साहब को अपनी हार मानकर, अपनी राय वापस लेनी पड़ी।

उन तीनों को, लड़कियों के नाम, घर, कक्षा आदि का कुछ भी पता नहीं था। लड़कियाँ भी देखने में न अधिक सुन्दर थीं और न कुरूप। साधारण सी भाषा में कहा जाए तो- ठीक-ठाक, काम चलाऊ, समय के सदुपयोग के लिए उपयुक्त। फिगर में भी रोमानियत का नशा कम ही था। हाव-भाव को आकर्षक बनाने में अल्हड़-नादान। उनके भोलेपन को देखकर लगता था, 'दूसरों को अपने जाल में फँसाने के गुर सीख रही हैं।' लेकिन उन लड़कों की भावना उनमें ऐसी रमी, उन्होंने सब कुछ अनदेखा कर दिया। उन पर यह कथन एकदम सटीक बैठता था, "जब पत्थर से दिल मिल जाए, तो हीरे की आवश्यकता नहीं रहती।"

लेकिन एक और बड़ा आश्चर्य यह था कि तीनों इस विषय में भी अनिर्णित थे कि किसका, किसके साथ चक्कर है? कौन, कौन-सी को चाहता है और किस पर लाइन लगाता है? इस विषय को लेकर उनमें कभी कोई विवाद या झगड़ा भी नहीं हुआ कि 'तूने मेरे वाली पर लाइन लगाई, मैं तुझे नहीं छोड़ूँगा। तूने मेरी जान की तरफ सीटी बजाई, तेरी जीभ काट लूँगा। तूने मेरे सौदे या माल की तरफ हाथ हिलाया, मैं तेरा हाथ तोड़ दूँगा...वगैरह...वगैरह...।'

फिर भी एक लगाव था, एक खिंचाव था, उन सब के बीच एक आकर्षण था, जो उन्हें आपस में बाँधे हुए था। लड़कों की सोच भी उत्कृष्ट थी, 'वे भी तीन, हम भी तीन। पट गयी तो एक-एक बाँट लेंगे।'

शायद एक कसक भी थी, जो दोनों तरफ के दिलों को सालती थी। यह कसक न कभी कम हुई और न बढ़कर प्यार का रूप ही धारण कर पायी। मामला त्रिशंकु के समान बीच में ही लटका रहा। वे तीनों उनकी एक झलक देखने से रोकने वाले को अपना सबसे बड़ा शत्रु मानते थे। इसके लिए जब कभी उनकी फैक्ट्री का काम बाधा बना, वे अपना रोजगार, अपनी नौकरियाँ छोड़ने तक को तैयार हो गए।

वक्त गुजरने के साथ-साथ उन तीनों लड़कियों ने इंटर उत्तीर्ण किया अथवा कॉलेज की जिस भी अंतिम कक्षा में वे पढ़ती थी, उसे उत्तीर्ण किया और पता नहीं कहाँ तथा किस दिशा में आगे बढ़ गयी।

इस प्रेम कहानी को घटित हुए, काफी समय बीत चुका है। रहीम, फहीम और जुनैद आज भी उसी गंड़ासे की वर्कशॉप- जिसे वे फैक्ट्री कहते थे- में गंड़ासा कटाई, छँटाई और उसकी पिटाई का काम करते हैं। उनके जीवन में कोई खास परिवर्तन नहीं आया है। उसी दुकान पर पहले काम करते थे, उसी पर आज भी करते हैं। सुबह नौ बजे काम पर आते हैं, शाम को पाँच बजे चले जाते हैं। उनकी पहले वाली सैलरी में पाँच-पाँच हजार रुपयों का इज़ाफा अवश्य हो गया है। परन्तु उनकी वेशभूषा पहले से कहीं अधिक बदतर हो चली है। देखने मात्र से ही दिल टूटे आशिक और मजनू लगते हैं।

जिन ड्रेसों को पहनकर वे वर्कशॉप में काम करते हैं, वे ड्रेस पसीना, गर्दा और मैल के कारण इतनी गंदी हो गयी हैं कि धुलने के लिए तड़प-तड़प कर दम तोड़ती सी दिखाई दे रही हैं। यदि ड्राइकलीन भी करायी जाए तो भी उनमें निखार न आएगा। धूल जमने के कारण कपड़ा भी दोगुना मोटा लगता है।

यदि कहीं कोई परिवर्तन हुआ है, तो वह हुआ है जुनैद की ज़िन्दगी में। उसकी शादी हो गयी, ज़िंदगी आधी हो गयी। रहीम की बात चल रही है, अत: उसका जीवन भी परिवर्तित होने वाला है।

साढ़े-बारह अब भी बजते हैं और आगे भी बजते रहेंगे। लेकिन रहीम, फहीम और जुनैद के लिए उनकी वैल्यू अब समाप्त हो चुकी है। समय के साथ-साथ उन तीनों की जवान उमंगें बर्फ बन गयी हैं। उनमें वो पहले वाला जोश और उत्साह अब शायद ही कभी आ पाए। इस समय कोई भावना उन्हें उद्वेलित नहीं करती। 'साढ़े-बारह' का समय ज़ख्मी नहीं करता। उन तीनों को देखकर यही लगता है, 'भूल गए राग, भूल गए रबड़ी, याद रहा क्या, बस नून-तेल-लकड़ी।'

कभी-कभी शमीम साहब उन तीनों पर कटाक्ष करते हुए 'साढ़े-बारह' का समय होते ही जोर से चिल्लाते हैं, "साढ़े...बारह...बज गए। जल्दी....अरे यार, जल्दी...।"

तब वे तीनों तुरंत वर्कशॉप के घंटे की ओर देखते हैं और दिल के अरमाँ आँसुओं में बह जाते हैं। फिर मन ही मन कुढ़कर, दबी ज़बान में शमीम साहब को कोई गाली देकर, नीचा मुँह करके अपने-अपने कामों को धीमी गति से करने लगते हैं।

5

मास्टर, मास्टर

कुलविंदर सिंह अपने पुत्र तेजपाल को गाँव के उच्च प्राथमिक विद्यालय की कक्षा छ: में प्रवेश दिलाकर घर लौटा ही था कि उसके पीछे-पीछे तेजपाल भी वापस आ गया। उसे देखते ही कुलविंदर उस पर बड़बड़ाया, "यहाँ गाँव के सरकारी और प्राइवेट दोनों स्कूलों में पढ़कर जैसे-तैसे तूने कक्षा पाँच पास किया है। तेजपाल पुत्तर! जूनियर स्कूल से आठ तक तो पढ़ाई कर ले। वरना मेरी तरह ज़िंदगीभर डंगर-ढोर चराने पड़ेंगे। इसके अलावा तुझे और कहाँ दाख़िला दिलाऊँ? यहाँ गाँव में तो यही स्कूल है। मजदूर आदमी हूँ, किसी अंग्रेजी के स्कूल में तो तुझे भर्ती नहीं करा सकता। बता, स्कूल से क्यों भागकर आया?"

प्रतिस्वरूप तेजपाल बोला, "बापू! मास्टर बच्चों की जमकर कुटाई कर रहा था। लाइन से खड़ा करके कूटे ही जा रहा था, कूटे ही जा रहा था। बोल कुछ नहीं रहा था, बस कूट रहा था। मुझे देखकर डर लगने लगा। सरदार दा पुत्तर हूँ, कोई ऐसे ही हड्डी-पसली नहीं तोड़ सकता। इसलिए चुपचाप भाग आया।"

कुलविंदर उस पर फिर दोगुनी आवाज़ में चिल्लाया, "तेरे लिए ऐसा स्कूल कहाँ से लाऊँ, जहाँ मार-कुटाई नहीं होती। जिस भी स्कूल में तेरा दाख़िला कराता हूँ, तू नए-नए बहाने ढूँढकर वहाँ से भाग आता है। इससे पिछले स्कूलों

के मास्टरों के बारे में हर रोज तेरे नए-नए बहाने होते थे। कभी कहता था, वहाँ के मास्टर गलत पढ़ाते थे। पहले आठ और सात को मिलाकर पंद्रह बताते थे, फिर नौ और छ: को मिलाकर पंद्रह बताने लगे। फिर दस और पाँच को। इनमें से एक बताएँ ना। अब वे सब ऐसे ही इतने होते हैं, तो इसमें मास्टर क्या गलत पढ़ाएँगे? कभी कहता था, मास्टर बहुत हरामी हैं, बच्चों से ही स्कूल का सारा काम कराते हैं। अपने आप कुर्सी पर बैठे रहते हैं। कभी कुछ तो कभी कुछ। तेरे बहाने ख़त्म ही नहीं होते।"

तेजपाल ने अपना निर्णायक मत रखते हुए कहा, "जब भी स्कूल में अच्छे मास्टर आ जाएँगे, मैं पढ़ाई कर लूँगा। वरना ऐसे ही भागता रहूँगा।"

आवेश में आकर कुलविंदर ने मोटा-सा डंडा हाथ में उठाया और तेजपाल को दिखाकर डाँटते हुए कहा, "देख तेजे! तेरे चाचा दा पुत्तर पढ़-लिखकर फौज में चला गया। अगर तूने पढ़ा तो भाई से सिफ़ारिश करके तुझे भी फौज में भर्ती करा दूँगा। इसलिए जब तक स्कूल में जो भी मास्टर हैं, उनसे ही पढ़ना पड़ेगा। वरना तुझे कमरे में बंद करके, पहले ढंग से तेरी सुताई करूँगा। फिर तुझे तब तक खाना नहीं दूँगा, जब तक तू स्कूल में जाने के लिए हाँ नहीं कहेगा...।"

तेजपाल ने कुछ और बोलना चाहा तो कुलविंदर ने उसे जोर से धमकाया, "ज्यादा बकवास मत कर। चुप रह।"

कुलविंदर कुछ भी सुनने को तैयार न था। इसलिए तेजपाल के सामने दूसरा विकल्प नहीं बचा। मजबूर होकर उसे गाँव के सरकारी उच्च प्राथमिक विद्यालय में पढ़ने हेतु जाना ही पड़ा। विद्यालय में छ:, सात और आठ तीन कक्षाएँ थीं और दो शिक्षक। दोनों शिक्षक अलग-अलग शहरों से पढ़ाने गाँव में आते थे। एक थे- मोहन कुमार जी, जो केवल नाम से ही मोहन थे, अन्यथा स्वभाव से बिलकुल राक्षस थे। वे कहते थे, "जैसे पिट-पिटकर हमने पढ़ना सीखा है, बच्चे भी वैसे ही सीखेंगे। आखिर हमें भी तो अपने गुरु का ऋण चुकाना है।" जब शिक्षार्थी उनसे कोई प्रश्न, शैक्षिक कठिनाई आदि पूछने जाते थे, तो वे कहते थे- "पहले 'ब्यूटीफुल' की अंग्रेजी बताओ।" जब तक बच्चा 'बी...इ...' तक पहुँचता था, तब तक वे उसकी कनपटी पर एक जड़ देते थे। इसलिए बच्चों ने उनके पास जाना ही छोड़ दिया था।

दूसरे थे- बलराज सिंह जी। बच्चे उन्हें यमराज का भाई कहते थे। उनका पढ़ाने का एक ही सिद्धांत, "भय बिनु प्रीत न होई गोपाला।" वे कहते थे, "सुबह आते ही एक-दो की कुटाई कर दो, फिर दिनभर मामला शांत रहता है। वे दिन भर मन लगाकर पढ़ते हैं। अन्यथा कोई सुनता ही नहीं।"

तेजपाल ने गाँव के सरकारी प्राथमिक विद्यालय और एक प्राइवेट स्कूल से चिसट-चिसट कर कक्षा पाँच उत्तीर्ण किया था। जैसे ही विद्यालयों का नया सत्र आरंभ हुआ, उत्साहित होकर कुलविंदर ने गाँव के एकमात्र उच्च प्राथमिक विद्यालय में उसका प्रवेश कराया। क्योंकि अन्य स्कूल गाँव से बारह किलोमीटर दूर थे। इसलिए शिक्षा ग्रहण करने का कोई दूसरा विकल्प नहीं था। साथ ही उसकी हैसियत इतनी नहीं थी कि किसी 'डे बोर्डिंग' या 'इंग्लिश मीडियम' स्कूल में अपने पुत्र को पढ़ा सके। गाय-भैंस का दूध बेचकर ही परिवार का गुजारा करता था। नाममात्र की ज़मीन उसके पास थी।

जिस दिन तेजपाल स्कूल में प्रवेशित हुआ, उस समय कक्षा छः बरामदे में बैठी थी और उसके सामने ही एक कक्ष में कक्षा सात तथा दूसरे में आठ बैठी हुई थी। ठीक उसी समय बलराज सिंह जी, गणित के सवाल हल न कर पाने के कारण, कक्षा सात के बच्चों की कुटाई कर रहे थे। जब तेजपाल ने यह नज़ारा देखा, वह एक मिनट भी स्कूल में नहीं रुक पाया। तुरंत स्कूल की पिछली दीवार से कूदकर घर भाग गया। घर पहुँचा तो कुलविंदर ने उसे डंडा लेकर धमकाया। क्योंकि उसने क़सम खायी हुई थी, "मैं तो पढ़ नहीं पाया लेकिन अपने पुत्तर तेजपाल को पढ़ाकर रहूँगा। इसके लिए चाहे मुझे कुछ भी करना पड़े।"

'आगे कुआँ, पीछे खाई' के जंजाल में फँस जाने के कारण, तेजपाल को विद्यालय जाना ही पड़ा। क्योंकि डंडा दिखाकर और धौंस जमाकर कुलविंदर ने उसके सारे विकल्पों और बहानों का 'दी एंड' कर दिया था।

तेजपाल का पढ़ने-लिखने में हाथ तंग था। इसलिए नया प्रवेशित बच्चा मानकर पहले-पहल तो दोनों मास्टरों उसे कुछ नहीं कहा। लेकिन एक सप्ताह बाद, अंग्रेजी की पुस्तक न पढ़ पाने के कारण, बलराज सिंह जी ने उसे कसकर डाँट-फटकार सुनाई। ऐसी डाँट कि तेजपाल अंदर तक भयभीत हो गया।

अगले दिन वह मोहन कुमार जी के हत्थे चढ़ गया। गणित का सवाल हल न कर पाने के कारण, उन्होंने उस पर अपना हाथ साफ कर दिया। बाएँ कान पर झन्नाटेदार चाटा लगते ही तेजपाल को काफी देर तक उस कान से सुनाई नहीं दिया।

तेजपाल कक्षा के अन्य बच्चों की अपेक्षा, अधिक शरारती भी था। उसे एक स्थान पर अधिक समय तक बैठने में कुबुलाहट-सी होने लगती थी। इसलिए बीच में ही उठकर सहपाठियों के साथ शरारत करने लगता। इस काम के साथ ही गृह या कक्षाकार्य भी नाममात्र का करता। इस कारण अक्सर उसकी कुटाई होने लगी। उसकी कक्षा में केवल सोलह शिक्षार्थी थे, जिन्होंने अपने-अपने चार समूह बनाए हुए थे। लड़कियों का समूह बिलकुल अलग था। अपनी गलत आदतों व स्वभाव के कारण तेजपाल उन सब में से किसी में भी नहीं अंटता था। इसलिए वे अक्सर उसकी चुगलियाँ व शिकायतें करके उसकी कुटाई कराते ही रहते थे। स्कूल से भागकर घर जाता तो कुलविंदर उसे कूटता। इसलिए तेजपाल बुरी तरह फँस गया। जैसे-तैसे पिटते-पिटाते उसने वहाँ दो महीने बिताए।

कहते हैं, 'भगवान के घर देर है, अँधेर नहीं।' शायद वाहे गुरु ने तेजपाल के मन की बात जान ली। क्योंकि शहर से स्कूल आते हुए बलराज सिंह जी का एक्सीडेंट हो गया। वे गाँव के स्कूल आने के स्थान पर सीधे ऊपर वाले स्कूल चले गए। इस कारण स्कूल की छुट्टी हो गयी। बलराज सिंह के ऊपर चले जाने और स्कूल की छुट्टी हो जाने पर तेजपाल ने अपने जीवन की दो बड़ी खुशियों का अनुभव किया, "एक दिन आज़ादी के साथ कटेगा और मार-कुटाई से पीछा छूटेगा।"

मोहन कुमार जी अकेले ही विद्यालय का संचालन करने लगे। तीन कक्षाएँ ऊपर से कागज़-पत्तर का भारी-भरकम काम। कभी एम.डी.एम. की चेकिंग और उसके राशन का हिसाब, नियमित रूप से तीन कक्षाओं के रजिस्टर व अन्य कागजातों को पूरा करना, कभी जनगणना में ड्यूटी। ऊपर से बी.ई.ओ. ऑफिस या सी.आ.रसी. की ओर से व्हाट्सप्प पर अकसर मैसेज आते रहते जिनका जवाब देना होता। कभी ये डाटा चाहिए, तो कभी वो डाटा चाहिए। वे झल्लाकर कहने लगते, "अकेला मास्टर क्या-क्या करे? ये अधिकारी लोग

मास्टर को चौबीस घंटे काम करने वाला रोबॉट समझते हैं। पता नहीं नए टीचर की नियुक्ति कब करेंगे?" इसलिए वे सप्ताह में एक-दो दिन ही शिक्षण कार्य कर पाते।

दो महीने का समय तेजपाल ने बहुत मस्ती में गुजारा। इस समयान्तराल में मास्टर के हाथों उसकी केवल एक बार ही कुटाई हुई। बीच में अचानक मोहन जी के कहीं चले जाने या कभी-कभी स्कूल न पहुँचने पर तो वह अपनी कक्षा के बच्चों का जीना तक हराम कर देता। उस दिन तेजपाल को लगता कि मौज-मस्ती करने के लिए स्कूल से अच्छी जगह नहीं है। मास्टर के सामने जो लड़के अपने आपको तुर्रम खाँ समझते थे, उनमें से एक-दो के ऊपर वह हाथ भी साफ कर लेता। साथ ही उनको धमकी भी देता कि अगर मास्टर को बताया तो स्कूल के बाहर, अपने दोस्तों के साथ मिलकर और कुटाई करूँगा।

इधर अकेले पड़ जाने के कारण मोहन कुमार जी फ्रस्टेट हो गए। परेशान होकर उन्होंने बी.आर.सी. व सी.आर.सी. मीटिंग में गुहार लगाई। साथ ही यह भी चेतावनी दी कि यदि विद्यालय में शीघ्र ही नए शिक्षक की नियुक्ति नहीं की गयी, तो वे भी लंबी मेडिकल छुट्टी पर चले जाएँगे। विद्यालय बंद होता है, तो हो जाए। उनकी चेतावनी का तुरंत प्रभाव होता दिखाई दिया।

दो महीने बाद, स्कूल में सुशील पाण्डेय नामक नए अध्यापक की नियुक्ति हो गयी। नए जोशीले जवान थे। शिक्षा और उसके परिप्रेक्ष्य के विषय में काफी पुस्तकें पढ़ चुके थे। कमला मुकुंदा, गिजूभाई बधेका, कृष्ण कुमार जैसे भारतीय शिक्षाविदों से काफी प्रभावित थे। शैक्षिक पृष्ठभूमि पर बनी हुई 'परिचय', 'किताब', 'तारे ज़मीं पर' जैसी देशी-विदेशी सैकड़ों फिल्में देख चुके थे। उनका दृढ़ विश्वास था कि शिक्षा व्यक्ति को अच्छा इंसान बना देती है। इसलिए नवाचारी प्रयोग करते हुए शिक्षण करने में उनकी रुचि थी। कई दोस्तों से उनका वादा भी था कि जैसा फिल्मों में दिखाया जाता है, वैसा ही वे अपने विद्यालय में भी बदलाव करके दिखाएँगे। फलस्वरूप नियुक्ति पाते ही उन्होंने नए जोश के साथ कार्य करना आरंभ कर दिया।

परिस्थितियाँ कुछ ऐसी बदली कि एक महीने बाद मोहन कुमार जी का भी, किसी दूसरे विद्यालय में ट्रांसफर हो गया। उनके स्थान पर सीमा गहतोड़ी

नामक अध्यापिका, प्रधानाचार्या के रूप में नियुक्त हुई। काफी बुजुर्ग महिला थीं। रिटायर होने में कुछ ही वर्ष बचे हुए थे। फिर भी वे चाहती थी कि शिक्षा में नवाचरों को अपनाया जाए। शिक्षार्थी परंपरागत ढंग के स्थान पर, नए तरीकों से सीखें। उनकी जिज्ञासा थी कि अपनी शैक्षणिक सेवा के अंतिम दिनों में कुछ नाम कमाने लायक काम किया जाए।

इस प्रकार एक ही विचारधारा के जब दो अध्यापकों ने मिलकर, विद्यालय में काम करना आरंभ किया, तो एक वर्ष बाद ही स्कूल की काया पलट-सी हो गयी। स्कूल का शैक्षिक वातावरण काफी तेजी से बदलता गया। मार-कुटाई नहीं के बराबर हो गयी। जो बच्चे पहले स्कूल आने से घबराते थे, वे भी नियमित रूप से स्कूल आने लगे। विद्यालय में पूर्व की अपेक्षा शिक्षार्थी संख्या में भी तेजी से वृद्धि हुई। कुछ ऐसा चमत्कार-सा हुआ कि पूरे क्लस्टर के सरकारी विद्यालयों में उस विद्यालय का नाम प्रथम स्थान पर लिया जाने लगा।

अच्छे शिक्षकों का सहयोग मिल जाने से अब तेजपाल भी खुश होकर स्कूल आने लगा। क्योंकि एक दिन सुशील जी ने उसे व्यक्तिगत रूप से काफी देर समझाया था। शायद उनकी कोई बात उसे समझ आ गयी हो। इसलिए उसकी पढ़ने की जिज्ञासा जगी। लेकिन कोशिश करने पर भी, वह किसी विषयवस्तु को पढ़कर समझ नहीं पाता था। कक्षा सात में आ जाने के बाद भी उसे सभी विषयों में बेसिक स्तर की समझ थी। क्योंकि पिछली कक्षाओं के गैप काफी रह गए थे। उन्हें पहचानकर सुशील जी भरने का प्रयास करने लगे।

सम्पूर्ण विद्यालय में सुशील जी को तेजपाल कुछ अलग प्रकार का शिक्षार्थी लगा था। इसलिए वे उस पर अतिरिक्त समय देते हुए कुछ क्रियात्मक शोध करने में लगे हुए थे। नयी वर्कशीट बनकर, नए पाठाभ्यास निर्मित करके तेजपाल को दिया करते। शिक्षण के समय व्यक्तिगत रूप से भी उसकी कुछ सहायता करते। परिणाम स्वरूप कुछ-कुछ अकादमिक उन्नति उन्हें तेजपाल में दिखाई देने लगी थी। लेकिन कक्षा में अत्यधिक शरारतें करने और नियत समय पर कक्षा व गृहकार्य पूरा न करने के कारण वे अक्सर उससे नाराज़ भी रहते थे।

एक दिन तेजपाल ने बिना अनुमति के ऑफिस से डिक्शनरी लेकर कुछ अश्लील समझे जाने वाले शब्दों के अर्थ अपनी कक्षा की लड़कियों से पूछे।

अगले दिन किसी बात पर झगड़ा हो जाने से, गुस्से में तेजपाल ने अपने एक सहपाठी का प्राइवेट पार्ट पकड़कर ज़ोर से मसल दिया। वह कराहता हुआ सुशील जी के पास पहुँचा। लड़कियों ने अलग से शिकायत की। कई अन्य किशोरावस्था के मामले संज्ञान में आने पर सुशील जी गुस्सा हो गए। उन्होंने तेजपाल को तीखे शब्दों में डाँटते हुए, तुरंत घर भेज दिया। और अगले दिन पापा के साथ स्कूल आने को कहा।

अगले दिन तेजपाल के पापा कुलविंदर और चाचा सतेन्दर स्कूल पहुँचे। ठंडी का मौसम आरंभ हो जाने के कारण, उस समय सफ़ेद कोहरे की चादर बिछी हुई थी। कमरे के अंदर सुशील जी ब्लैक-बोर्ड पर सफ़ेद चाक घिसते हुए गणित के सवाल हल करने में व्यस्त थे। मूड बदला हुआ होने के कारण, उस समय वे काफी गुस्से में थे। इसलिए कक्षा के बच्चे एकदम शांत, मौनव्रत धारण किए, उनके द्वारा हल कराए जाने वाले प्रश्नों को अपनी-अपनी कॉपियों पर छाप रहे थे। उस समय कक्षा इतनी शांत थी कि किसी बच्चे के जोर से साँस लेने पर भी उसकी ध्वनि साफ़-साफ सुनी जा सकती थी। बाहर से गुजरने वाले को कुछ ऐसा भ्रम होता था कि मानों कमरा खाली है, उसमें कोई नहीं।

अचानक कक्षा का मौनव्रत टूटा क्योंकि सुशील जी का फोन घरघरा कर बजने लगा। फोन की रिंगटोन प्रसिद्धि पाने वाले आधुनिक गाने की धुन पर थी। इसलिए बच्चों की नज़र कॉपी और बोर्ड से हटकर सीधे मास्टर सुशील जी की ओर दौड़ गयी। सबसे पीछे की सीट पर बैठे दो बच्चे हँसने भी लगे। लेकिन मास्टर जी ने जैसे ही उनकी तरफ टेढ़ी नज़र से देखा, वे शांत होकर नीचे की ओर दुबक गए। फिर मास्टर साहब ने अपनी ओर देखने वाले बाकी बच्चों की ओर देखा। इसलिए सभी बच्चे फिर से अपनी-अपनी कॉपियों में प्रश्नों की छपाई करने लगे।

सुशील जी ने फोन रिसीव किया और बोले "हैलो, कौन बोल रहा है?"

दूसरी ओर से जवाब आया "सुशील जी, सीमा मैडम बोल रही हूँ। तेजपाल अपने पिता और चाचा के साथ आया है। कह रहे हैं कि आपने बुलाया है। मैं स्कूल के हैंडपंप को ठीक करा रही हूँ। उसके बाद सी.आर.सी. के यहाँ 'फॉलो-अप' मीटिंग में जाना है। यदि मेरी आवश्यकता हो तो मुझे बुला लेना।"

सुशील जी ने हाथ में बँधी घड़ी में टाइम की जाँच करते हुए जवाब दिया, "मैडम! उन्हें ऑफिस के बराबर वाले कमरे में बैठने को कह दो। मैं क्लास के बच्चों को कुछ काम देकर अभी उनसे मिलता हूँ। यदि कुछ आवश्यक हुआ तो मैं आपको अवश्य बुला लूँगा।"

सीमा मैडम ने "ओके" बोलकर वैसा ही किया।

सुशील जी ने अपना मोबाइल पॉकेट में ठीक से रखा भी नहीं था कि अचानक उन्हें याद आया, इस कालांश के तुरन्त बाद दूसरी कक्षा में भी उनका कालांश है। सीमा मैडम को भी मीटिंग में जाना है। सभी कक्षाएँ अकेले ही देखनी होंगी। तेजपाल के पिता से इसी समय मिलना पड़ेगा। इसलिए उन्होंने शिक्षार्थियों को पुस्तक के सातवें अध्याय के अभ्यास प्रश्न हल करने को कहा और कमरे से बाहर चल दिए। बाहर निकलते समय उन्होंने सबको चेतावनी दी, "ख़बरदार किसी ने चूँ भी किया, अगर किसी की आवाज़ कमरे से बाहर सुनाई दी, तो अंजाम अच्छा नहीं होगा।"

ऑफिस के पास वाले कमरे में बैठा तेजपाल, अपने पिता और चाचा को स्कूल के किस्से सुनाने में मग्न था। देखने में काफी खुश लग रहा था। मास्टर जी के पैरों की आहट सुनी तो उसका किस्सा अधूरा रह गया। तुरंत ही पैरों की आहट साक्षात मास्टर जी के रूप में बदल गयी। मास्टर जी को देखते ही तेजपाल एकदम चुप हो गया और सीट से उठकर एक कोने में जा खड़ा हुआ।

तेजपाल के पिता व चाचा ने खड़े होकर सुशील जी से दुआ-सलाम की। सुशील जी तेजपाल से काफी गुस्सा थे, फिर भी उन्होंने कोमल स्वर में कहा, "पिछले महीने आपको बुलाया था। आप लोग मिलने नहीं आए? फोन भी किया था और तेजपाल को भी बोला था।"

तेजपाल के चाचा बोले, "मास्टर साहब! फसल कट रही थी, पूरा दिन खेत में कट जाता था। साहब, हम मजदूर आदमी ठहरे। पापी पेट भी भरना है। बच्चा तो ज़िद कर रहा था, स्कूल में जाना है, मीटिंग है। नहीं गए तो मास्टर जी डाँटेंगे। न आने के लिए माफ़ी चाहते हैं, साहब...।"

सुशील जी फोन में झाँकते और उसे स्क्रोल करते हुए बोले "कोई बात

नहीं। फसल कटाई और बुवाई के समय काम थोड़ा ज़्यादा बढ़ ही जाता है।"

सुशील जी तेजपाल की शरारतों, कुछ किशोरावस्था के मुद्दों, कक्षा व गृहकार्य न करने की आदतों से भरे पड़े थे और फटने को आतुर थे। लेकिन उन्होंने स्वयं को एक क्षण के लिए रोका और सोचा, "क्यों न पहले तेजपाल की घर की बदमाशियों के किस्से, और इसके पिता व चाचा की इसके विषय में राय सुन लें। इससे मुझे अधिक बोलना भी नहीं पड़ेगा और बीच-बीच में आग में घी डालता रहूँगा।"

इसलिए उन्होंने एक वाक्य छोड़ा, "घर पर कैसे पेश आता है ये, आप लोगों से? कुछ काम-वाम कर लेता है या नहीं?"

तेजपाल के पापा मुँह पर लिपटी शाल के पीछे से बोले, "मास्टर साहब! आपने पिछले एक साल में हमारे बच्चे को बदल दिया है। पहले बात-बात पर यह गालियाँ देता था, अब कायदे से बात करने लगा है। पहले छोटी-सी बात पर मुँह बनाकर लड़ने-झगड़ने लगता था, अब इसमें थोड़ी नरमाई आयी है। घर पर बैठकर पढ़ता भी है। अब तो इसने घर का हिसाब-किताब करना भी सीख लिया है। गाय-भैंसों का जितना दूध बिकता है, उन सबका हिसाब यही रखता है। अब तो यह काफी जिम्मेदार लगने लगा है। और क्या कहें साहब, ये फोन में नंबर अँग्रेजी में खोज भी लेता है और सेव भी कर लेता है। अंग्रेजी में मैसेज टाइप भी कर लेता है...।"

पूर्व के सभी वाक्यों को अनदेखा कर, बाद वाले वाक्यों ने सुशील जी के मस्तिष्क में कुछ झनझनाहट-सी पैदा की। वे सोचने लगे, "इसमें कौन-सी बड़ी बात है। ये तो आजकल सभी बच्चे कर लेते हैं।"

फिर भी कुलविंदर की बातें सुनकर तेजपाल पर फटने को आतुर सुशील जी के मन की आतुरता का स्तर कुछ नीचे आ गया। उन्हें अपने किए गए काम का अच्छा परिणाम निकलता दिखाई दिया। जिसे शायद वे ठीक से पहचान व समझ नहीं पाए थे।

तभी तेजपाल के चाचा सतेन्द्र जी बोल उठे, "मास्टर साहब! हमारे घर में सब अँगूठा टेक हैं। पीढ़ियों से कोई नहीं पढ़ा है। डंगर-ढोरों का दूध बेचकर

गुजारा करना हमारा काम रहा है। हमने इसे भी अपने जैसा बना लिया था। ये बच्चा पहले कई स्कूलों में पढ़ा लेकिन कहीं भी चार-छ: महीने से ज्यादा टिकता नहीं था। कोई दिन ऐसा नहीं जाता था, जिस दिन बाहर से इसकी शिकायतें न आती हों। जो बच्चा पिछले सात-आठ सालों से पढ़ते हुए अपना नाम नहीं लिख पाता था, उसने पिछले एक साल में अपने आस-पास के बच्चों जितना ही सीख लिया है। अब तो अड़ोसी-पड़ोसी भी तेजपाल की तारीफ़ करने लगे हैं। आज ये बच्चा जो कुछ भी है न, उसमें आपका बड़ा हाथ है, साहब। आपकी तो ये काफी तारीफें करता है। इस स्कूल में मास्टर तो पहले भी बहुत आए हैं। बच्चा आपके पढ़ाने के बारे में कुछ अलग कहता है...।"

बातचीत खत्म हुई। मास्टर जी ने तेजपाल को कक्षा में जाकर पढ़ाई-लिखाई करने का आदेश दिया। उसके पापा और चाचा 'नमस्ते' कहकर वापस चल दिए। अब खिड़की के बाहर फैली हुई सफ़ेद कोहरे की चादर को धूप हल्का-हल्का चीरते हुए मास्टर सुशील जी के चेहरे पर गिर रही थी। वे, तेजपाल के पापा और चाचा के साथ हुई बातचीत को लेकर विचार मग्न थे। कई प्रश्न उनके मन में बार-बार कौंध रहे थे, "ये सब बातें मुझ जैसे शिक्षक के लिए कितनी छोटी हैं। लेकिन तेजपाल के पापा और चाचा के लिए कितनी महत्वपूर्ण हैं? शायद क्रियात्मक शोध के माध्यम से जो नवाचारी काम आरंभ किया था, उसकी तेजपाल में कुछ किरणें दिखाई दी हैं।"

दूसरी ओर रास्ते से जाते हुए तेजपाल के पापा और चाचा बातचीत कर रहे, "मास्टर, मास्टर की बात होती है। इस स्कूल में पहले भी कितने मास्टर आए और चले गए। इस नए मास्टर ने स्कूल का पूरा माहौल ही बदल कर रख दिया है। शिक्षा व्यवस्था के बीच में खड़ा मास्टर, अगर चाहे तो पूरी शिक्षा की काया बदलकर रख सकता है। अब तेजपाल डर कर आने के स्थान पर खुश होकर स्कूल आता है...।"

6

अनोखा रिश्ता

माँ और दो छोटे भाइयों की जिम्मेदारी का, जब वह निर्वहन नहीं कर पाया तो घर छोड़कर चला गया। विकट परिस्थितियों के कारण मन-मस्तिष्क कुंठित हो गया था। इसलिए उसे कोई और उचित रास्ता सूझा नहीं। कोई उसे ताना-उलाहना दे, तो देता रहे। यह तो लोगों का काम है। बुरे समय में लोग मजबूर की हँसी ही उड़ाते हैं या ताने-उलाहने देते हैं।

उसके सामने दो ही विकल्प बचे थे- आत्महत्या करना या घर छोड़कर चले जाना।

आत्महत्या करने के लिए जितने साहस की ज़रूरत होती है, उतना उसमें था नहीं। एक बार प्रयास भी किया था। लेकिन साँसें रुकने लगी तो वह घबरा गया। इसलिए मरना कैंसिल कर उसने दूसरा विकल्प चुनना ही उचित समझा। घर पर माँ और भाइयों को भूख से बिलबिलाते देख नहीं सकता था। इसलिए वह करता भी क्या?

उसकी चिंता यही थी कि परिवार का भरण-पोषण कैसे करूँ? जीवित रहने के लिए केवल रोटी की ही नहीं और भी बहुत सी वस्तुओं की आवश्यकता होती है? उन सबके लिए कोई न कोई रोजगार या वसीला तो चाहिए ही। रोटी

तो शायद भीख माँगकर भी खाई जा सकती है। अन्य आवश्यकताओं की पूर्ति कैसे हो? किसी आमदनी के अभाव में पूरा परिवार मुसीबतों के पहाड़ के नीचे दब चुका है।

एकमात्र खेत, छोटे भाई के इलाज में बिक चुका था। लेकिन बीमारी ऐसी कि ठीक होने के स्थान पर और बढ़ती जा रही थी। घर, पिताजी का एक्सीडेंट होने से गिरवी रखा गया, लेकिन वे फिर भी नहीं बच पाए। कर्ज का भार इतना बढ़ गया कि साँस लेना तक कठिन हो गया। अब तो घर भी बेचना पड़ेगा। जीवन संघर्ष की कठिनाइयाँ लगातार बढ़ती जा रही थीं।

इस मुश्किल घड़ी में सगे-संबंधियों ने भी उसका साथ छोड़ दिया। उनसे दिलासा के अतिरिक्त और कुछ मिला भी नहीं था। वे सब भी तो दिहाड़ी मजदूर, डेली वेजिज वर्कर आदि थे। उनके लिए अपने परिवारों का ही भरण-पोषण मुश्किल था। और था ही कौन, उसकी मदद करने वाला? अब वह करता तो क्या करता? इसलिए घर छोड़कर चल दिया। ठोकरें खाते हुए, जैसे-कैसे एक छोटे से शहर में पहुँच गया। मान लीजिए कि 'शामली' में।

बिन खाना खाए जब दो दिन यूँ ही सड़कों पर भटकते हुए गुज़र गए, तो संयोग से एक सज्जन मिल गए, मान लीजिए 'दीनदयाल जी'। उन्होंने उसका नाम पूछ लिया। वह नाम बताने के स्थान पर गिड़गिड़ाते हुए कहने लगा, "सर! मुझे काम चाहिए। कैसा भी काम हो, मैं सब करूँगा। थोड़ी दया कीजिए। नाम का क्या है? आप कुछ भी कह लीजिए। नाम बता देने से मेरी परिस्थितियाँ नहीं बदल जाएँगी।" ये वाक्य बोलकर उसने सज्जन व्यक्ति, मान लीजिए दीनदयाल जी के सामने हाथ जोड़ लिए।

उसने एकदम रोनी सूरत में ऐसे करुणापूर्ण शब्दों में अपनी बात बोली कि दीनदयाल जी को उस पर दया आ गयी। उसकी बातों ने उसकी नाजुक स्थिति का प्रत्यक्ष रेखाचित्र-सा खींच दिया। वे बोले, "बेटा अभी तुम्हारी उम्र काम करने की नहीं हुई है। चौदह-पन्द्रह साल से अधिक के तुम नहीं दिखते हो। घर जाओ और कुछ पढ़ाई-लिखाई करो। अभी तो बाल मजदूरी की रोकथाम करने वाले लोग ही तुम्हें बाहर निकाल देंगे। किसी ने शिकायत कर दी तो पुलिस अलग से परेशान करेगी। किसी एन.जी.ओ. वाले को पता चल गया तो न जाने कौन-कौन

सी धाराएँ लगवाएँ। मैं कुछ नहीं कर सकता।"

ये वाक्य सुनकर उसे लगा, मानो कोई उसे धकिया रहा है। अथवा किसी ने उसे गंदी गाली दे दी है। उसके चेहरे के भाव देखकर लगा, जैसे वह अन्दर ही अन्दर जोर से रोने लगा हो। वह एक शब्द नहीं बोला और पीछे मुड़कर कुछ दूर जाकर, एक पेड़ के नीचे बैठ गया। शायद वह जोर-जोर से रोना चाहता था, लेकिन शर्म के कारण खुलकर रो भी नहीं पा रहा था। क्योंकि रास्ते से गुजरते हुए लोग उसे देख रहे थे। वह हताश-निराश, एकटक पेड़ को ताकने लगा।

कुछ देर बाद वापस लौटते हुए दीनदयाल जी ने देखा, वह लड़का पेड़ के नीचे बैठा है। शायद वह वहाँ से जाने की कोशिश तो कर रहा था, लेकिन उठने की हिम्मत नहीं जुटा पा रहा था। उसकी हालत पहले की अपेक्षा और अधिक दयनीय लग रही थी। उसके चेहरे को देखकर लगा कि दुखों की गठरी से उसका सिर पिचक जाएगा।

दीनदयाल जी फिर कुछ सोचकर उसके पास गए और उसके बारे में पूछने लगे, "बेटा! आप कौन हो? कहाँ से आए हो? यहाँ कितने दिन से भटक रहे हो? इतने उदास क्यों हो? खाना खाया है अथवा नहीं...?"

इससे पहले वह कुछ बोल पाता, उसकी आँखों ने आँसुओं को रोकने की हिम्मत छोड़ दी। वह दीनदयाल जी की ओर देखते हुए रोने लगा। गला रुँध जाने के कारण एक शब्द उसके मुँह से नहीं निकला। दीनदयाल जी ने लड़के को तनिक सी दिलासा देते हुए कहा, "थोड़ा धैर्य रखो। बताओ क्या बात है? कहाँ से हो?"

ये शब्द सुनते ही वह और ज़ोर से रोने लगा। उसके हाव-भाव, कपड़ों की हालत और मनोदशा को देखकर लगा, वह वास्तव में परेशान है। इसलिए अपनी हार्दिक पीड़ा को दबाकर नहीं रख पा रहा है। तनिक सांत्वना मिलने पर वह फूट पड़ रही है। लड़का काफी देर सुबक-सुबक कर रोता रहा।

किसी आन्तरिक पीड़ा ने दीनदयाल जी की मानसिक हालत ख़राब कर दी। सहानुभूतिशील बनकर कोई भाव उन्हें कचोटने लगा। उन्होंने सोचा, चलो इसकी मदद करके देख लिया जाए। भलाई का काम करने से कोई न कोई

तो अच्छा फल मिलेगा। जान-पहचान वालों से थोड़ी सिफ़ारिश करके देखेंगे। शायद फैक्ट्री में कोई छोटा-मोटा काम इसे मिल जाए। कम से कम इसके रहने-खाने का तो इंतजाम हो ही जाएगा। आगे ऊपर वाले की जैसी इच्छा।

लड़के को साथ लेकर उस फैक्ट्री में पहुँचे, जहाँ उन्होंने दस वर्ष अपनी सेवाएँ दी थी। फिर प्रमोशन मिलने पर उसी फैक्ट्री के दूसरे प्लांट में मैनेजर बन गए थे। अनुरोधपूर्वक फोरमैन से लड़के को कोई भी काम देने को कहने लगे। फोरमैन कहने लगा, "अगर आप सिफ़ारिश कर रहे हैं तो काम पर तो लगा दूँगा। लेकिन इसकी जिम्मेदारी कौन लेगा? बच्चा अभी छोटा-सा है और इस लाइन में पहली बार आया है। इसे यहाँ का क्या एक्सपीरियंस? ऊपर से काम भी तो बहुत भारी है, कैसे करेगा? चोट-फोट लग गयी तो कौन जिम्मेदार होगा?"

दीनदयाल जी ने डरते-डरते फोरमैन से कह दिया, "ये मेरी जिम्मेदारी है। आप चिंता न करें, इसके काम की जिम्मदारी मेरी होगी। कोई शिकायत हुई तो मुझसे बोलना। जिस किसी भी फॉर्म या कागज़ पर साइन करना है, मैं करने को तैयार हूँ।"

ये वाक्य सुनकर फोरमैन संतुष्ट हो गया। लड़के को काम दिलाकर, कुछ कागजी कार्यवाही पूरी करके और पाँच सौ रुपये खर्च हेतु देकर कहने लगे, "बेटा! अब तो अपना नाम और पता बता दो। फॉर्म में भी अभी तुम्हारा नाम नहीं लिखा है। किसी अंजान पर भरोसा किया है। भरोसा मत तोड़ना।"

लड़के ने अपना नाम 'प्रमोद' बताया। साथ ही अपना सम्पूर्ण वृतांत और घरेलू परिस्थितियाँ भी दीनदयाल जी के साथ साझा कर दी।

प्रमोद की कहानी जानकर दीनदयाल जी को दुःख हुआ। कई प्रश्न भी उनके मन में कौंधे। कुछ शंकाएँ साथ लिए वे वापस अपने ऑफिस चले गए।

दस दिन बाद पूर्व की शंकाएँ मन में लिए वापस लौटे। उन्हें भ्रम था कि शायद काम से घबराकर प्रमोद वहाँ से भाग गया होगा। क्योंकि काम काफी भारी था, जिसके विषय में फोरमैन पहले ही आगाह कर चुका था। दस दिनों में फोरमैन से भी लड़के के बारे में कोई बातचीत नहीं हुई थी। उसका भी फोन नहीं आया था और अपनी व्यस्तता के कारण वे कुछ पता भी नहीं कर पाए थे।

फैक्ट्री पहुँचकर दीनदयाल जी फोरमैन से बोले, "फोरमैन साहब! लड़का कहाँ है? है, कि चला गया। आपने भी फोन नहीं किया और अपनी व्यस्तता के कारण मैं भी फोन नहीं कर सका। मुझे तो शंका है कि लड़का काम से डरकर भाग गया होगा। इस हाड़तोड़ काम में अच्छे-अच्छों की हेकड़ी निकल जाती है... ।"

दीनदयाल जी की बात बीच में ही रोककर फोरमैन कहने लगा, "नहीं-नहीं सर! लड़का यहीं पर है। बड़ा ही मन से काम कर रहा है। बैल की तरह काम में जुटा रहता है। हटाए नहीं हटता। कहाँ से लाए, इतना मेहनती लड़का? पचास वर्ष की आयु हो गयी मेरी, आज तक इतना मेहनतकश इंसान नहीं देखा।"

दीनदयाल जी भाव-विह्वल होकर पूछने लगे, "पिछले दस दिन में उसने ऐसा क्या-क्या काम किया, जो तुम इतनी प्रशंसा कर रहे हो। फोरमैन साहब! मुझे भी तो कुछ बताइए इसने ऐसा क्या तीर मार दिया? जहाँ तक मेरा अनुमान है, आज तक आपने तो किसी की झूठी भी प्रशंसा नहीं की है।"

फोरमैन उत्साहित होकर बताने लगा, "सर! ये मत पूछो कि इस लड़के ने क्या नहीं किया? जो भी काम उसे दिया गया, उसने जी-जान से किया। बड़े-बड़े मेहनतियों को उसने मात दे दी साहब! ये थकने का नाम ही नहीं लेता है। इस छोटे से कारखाने में उसके काम के कारण सभी वर्कर उसे जानने-पहचानने लगे हैं। एक दिन तो जी.एम. साहब भी उसके काम को देखकर अचंभित हो गए थे। उसके बारे में पूछा भी था।"

लड़के के काम के बारे में जो कुछ भी फोरमैन ने दीनदयाल जी को बताया, उसे सुनकर वे सोचने लगे, "आखिर मजबूरी किसी भी इंसान को कितना जल्दी समझदार और जिम्मेदार बना देती है। मजबूरी में इंसान कुछ भी और कैसा भी काम करने को तैयार हो जाता है। इसलिए लड़का नाबालिग होकर भी काम के सापेक्ष जवानों को मात दे रहा है।"

फोरमैन गौरान्वित हुआ सा लड़के के काम के बारे में फिर बताने लगा, "... वह दिन भर प्लांट की साफ-सफाई करता है और माल ढुलाई हेतु गाड़ियों को लगवाया करता है। फिर रात भर जाग कर मशीन को चलाता है। उसकी लगन

देखकर लगता है, कुछ ही दिन में मशीन का पूरा काम सीख लेगा। पम्प वाले ऑपरेटर को भी लंच के लिए टाइम देकर पंप भी चलाता है। छोटा सा लड़का होते हुए भी वह दो व्यक्तियों जितना काम करता है। मेरी बात पर विश्वास न हो तो यहाँ के किसी भी कर्मचारी से उसके बारे में पूछकर देख लो। अगर किसी ने लड़के की तनिक भी बुराई की तो आप जो चाहें सजा दे देना।"

प्रमोद ने कुछ ही दिन में सबका ऐसा विश्वास जीता कि अब फोरमैन सहित अन्य सभी कर्मचारी भी उसकी वाह-वाही करते अघाते नहीं थे। उसे अत्यधिक मेहनती मानकर सम्मान देने लगे थे।

दीनदयाल जी को एहसास हुआ, शायद उन्होंने सही फैसला लिया था। किसी के जज़्बात और मायूस चेहरे को देखकर एक अच्छे व्यक्ति को काम पर लगा कर। अब आगे देखा जाएगा उसकी किस्मत उसे कहाँ लेकर जाती है?

दीनदयाल जी ने प्रमोद को पास बुलाया और पूछा, "तनख्वाह क्या लोगो, भई? यहाँ सब तुम्हारे काम की काफी तारीफ़ कर रहे हैं।"

प्रमोद बोला, "सर जी! मैंने तो आप से काम माँगा था, तनख्वाह की बात नहीं की थी। आपको जो भी ठीक लगे, दे दिया करना। बस घर की रोटियाँ बन जाए। माँ और भाइयों को भूखा न सोना पड़े। भूखे को तनख्वाह की नहीं, रोटी की ज़रूरत होती है। जो आपने दे दी है। मैं जब तक आपके पास काम करूँगा, कभी तनख्वाह की बात नहीं कर सकता। आप जो कुछ भी देंगे आशीर्वाद समझकर ले लूँगा।"

ये बातें बोलकर प्रमोद फिर से फैक्ट्री के अंदर चला गया। और अपने काम में व्यस्त हो गया। उसकी बातों और काम को देखकर ऐसा नहीं लगा कि वह कोई ढोंग या दिखावा कर रहा है। शायद उसने सही कहा है, "भूखे को तनख्वाह की नहीं, रोटी की ज़रूरत होती है।"

फोरमैन और अन्य साहब लोगों से बातचीत करके दीनदयाल जी ने प्रमोद की तनख्वाह दस हज़ार रुपये महीना तय करवा दी। फैक्ट्री का जी.एम. ऐतराज करते हुए कहने लगा, "कई पुराने वर्करों की सैलरी भी अभी तक दस हज़ार नहीं हो पायी है, नए लड़के की इतनी सैलरी क्यों?"

इस पर दीनदयाल जी ने तर्क दिया, "मेहनती व्यक्ति को उसकी मेहनत का उचित फल मिलना चाहिए, कामचोर को नहीं। लड़के की मेहनत, लगन और काम के बारे में किसी भी वर्कर से बात की जा सकती है। यदि किसी ने उसके बारे में तनिक भी गलत बोला, तो आप जो चाहें तनख्वाह तय कर देना।"

जी.एम. ने प्रमोद का काम अपनी आँखों से देखा था, इसलिए वह शांत हो गया। फिर दीनदयाल जी ने प्रमोद को घर के खर्च हेतु कुछ रुपये दिए और वापस ऑफिस चले गए। अब उन्हें काफी आत्मसंतोष था। उन्हें ऐसा लग रहा था, जैसे कोई बड़ा कर्ज़ चुकता कर दिया हो।

चार महीने बाद कुछ विशेष कारणों से दीनदयाल जी को फिर प्रमोद की फैक्ट्री में आना पड़ा। फैक्ट्री में जिस प्रकार का सामान उत्पादित होता था, उसे सरकार द्वारा प्रतिबंधित किए जाने का आदेश पारित हो चुका था। ऑर्डर पर लिया गया पिछला समस्त काम पूरा होने वाला था। नया काम मिला नहीं थी। साहब लोग खाली बैठाकर नौकरों को तनख्वाह देने वाले तो थे नहीं। इसलिए स्टाफ की छुट्टी करना मज़बूरी बन गया था।

दीनदयाल जी ने प्रमोद को पास बुलाया। एकटक उसकी ओर निहारने लगे। कुछ देर दोनों के बीच कोई संवाद नहीं हुआ। वे समझ नहीं पा रहे थे कि क्या कहें? बोलें तो क्या बोलें? कहाँ से और कैसे बात आरंभ करें? कुछ समय पहले ही तो उन्होंने सहानुभूति वश होकर प्रमोद को काम दिलाया था। उसके काम की प्रशंसा करते हुए फोरमैन भी गर्व से सीना चौड़ा कर रहा था। अब वास्तविक स्थिति से उसे कैसे अवगत कराएँ कि फैक्ट्री को नया काम नहीं मिला है।

धैर्य रखकर किसी तरह से धीमे स्वर में बोले, "आपकी छुट्टी होने वाली है। जैसा कि तुम जानते ही हो, काम पूरा होने वाला है। फैक्ट्री में अभी कोई नया काम नहीं आया है। साहब लोगों ने कर्मचारियों की छँटनी करने की योजना बनायी है...।"

इससे पहले दीनदयाल जी कुछ और बोलते, प्रमोद दोनों हाथ जोड़कर नीचे जमीन पर बैठकर कहने लगा, "साहब! आप चाहो तो मेरी तनख्वाह से दो

हज़ार रुपये कम कर दीजिए, पर छुट्टी मत कीजिए। इससे भी काम न बने तो आधी तनख्वाह दे दीजिए। अन्यथा माँ को फिर से उन्हीं खेतों में मज़दूरी करनी पड़ेगी जो कभी हमारे थे। गाँव वालों के ताने अलग से सुनेगी। छोटे भाई को रेलवे स्टेशन पर भीख माँगना पड़ेगा। बीमार भाई की दवा कैसे ख़रीदूँगा? फिर से रात में भूखे पेट सोना पड़ेगा... ।" यह बोलते-बोलते वह रोने लगा।

दीनदयाल जी संकट में पड़ गए, 'अब क्या करें?' उन्हें बार-बार वही चार महीने पहले वाला दिन याद आने लगा। जब उन्होंने प्रमोद को परेशान और दुत्कारा हुआ सा देखा था। उसकी दयनीय स्थिति के कारण ही तो उन्होंने उसे काम पर रखवाया था। अब वे ही उसे काम से निकाले जाने के बारे में सूचित कर रहे हैं। उनके मन में अजीब सा द्वन्द्व छिड़ गया, 'करें तो क्या करें?' कुछ परिस्थितियाँ बदली नहीं जा सकती। उनसे समझौता करना ही पड़ता है। इसलिए उन दोनों के बीच हुए संवाद के बाद, वहाँ काफी देर तक सन्नाटा रहा।

प्रमोद समझ चुका था कि अब साहब भी उसके लिए मजबूर हो गए हैं। शायद परिस्थितियों के आगे असहाय और बेबस। वे क्या करें? अन्यथा वे तो तत्काल ही फैसला कर देते हैं। मुझ असहाय की आगे बढ़कर मदद करते रहे हैं।

दीनदयाल जी ने कुछ सोचकर फिर प्रमोद की ओर देखा और जेब से तीन हज़ार रुपये निकालकर उसे देते हुए कहा, "प्रमोद! तुम अभी पन्द्रह दिन के लिए घर मिलकर वापस आ जाओ। मैं तुम्हें दूसरी फैक्ट्री में काम दिलाने का प्रयास करता हूँ। कहीं और नहीं बन पाया तो अपने प्लांट में कुछ जुगाड़ लगाऊँगा। तुम चिन्ता मत करना। मैं और मेरे दोस्त तुम्हारे साथ हैं।" यह बोलकर वे वापस ऑफिस की ओर चल दिए।

दुखी प्रमोद उन्हें तब तक देखता रहा, जब तक वे आँखों से ओझल नहीं हो गए। फिर प्लांट का शेष बचा हुआ काम समाप्त कर वह अपने घर चला गया। घर पर उसने उक्त मामले में कोई बातचीत नहीं की। वह जानता था, 'यदि माँ और भाइयों को पता चला तो वे अत्यधिक दुखी होंगे।'

जब वह लौटकर वापस आया तो उसे दीनदयाल जी ने अपनी फैक्ट्री में काम दिला दिया। वहाँ भी उसने उसी लगन, मेहनत और ईमानदारी से काम

 अंतर्संबंध और अन्य कहानियाँ

करना आरंभ किया। कुछ ही दिन में सभी सहयोगी उसके काम की काफी प्रशंसा करने लगे। वर्करों में प्रमोद का काम व नाम अलग चमकने लगा।

आठ महीने का समय बीता ही था कि साहब लोगों ने उस फैक्ट्री को बेच दिया। उसके स्थान पर दूसरे शहर में बड़ी फैक्ट्री का शुभारंभ किया गया। अपने पुराने वफादार कर्मचारियों को उसी में शिफ़्ट करने की योजना बनाई।

इसके साथ ही किसी विशेष प्रकार के संक्रमण का प्रकोप शहर में तेजी से फैला। अचानक उसके विषय में चारों ओर से भयावह ख़बरें सुनाई देने लगीं। हाहाकार का शोरगुल हुआ तो छोटे-बड़े बहुत से काम-धंधे बंद किए जाने लगे। सरकारी आदेशों पर फैक्ट्रियाँ तक बंद की जाने लगी। सभी उद्योगों में श्रेणीवार कर्मचारियों की छँटनी होने लगी। टेक्निकल लोगों को 'वर्क फ्रोम होम' करना पड़ेगा, बाकी को घर जाना पड़ेगा। अब प्रमोद को भी शायद इसका हिस्सा बनना ही पड़ेगा।

दीनदयाल जी फिर सोच में पड़ गए, 'इस विकराल घड़ी में क्या करें? अब तो अपनी ही नौकरी बचाना कठिन है। गेहूँ के साथ घुन पिसने के समान, कहीं उनका नंबर न आ जाए। यह निश्चित हो चुका है, अन्य नए कर्मचारियों के साथ ही प्रमोद को भी नौकरी से निकाला जाएगा। उसके घर-परिवार की परिस्थितियाँ बिगड़ेंगी तो हालत उनकी भी खराब होगी। एक वर्ष पहले ही प्रमोद को उसके हाल पर छोड़ देना चाहिए था। उसकी हालत और हालात जानने की कोशिश नहीं करनी चाहिए थी। हालात के अंदर छिपे राज को जानकर ही उन्हें दुःख होता रहा है। यही सब बातें सोचकर दीनदयाल जी की आँखें डबडबाई जा रही हैं।' वे समझ नहीं पा रहे हैं, 'प्रमोद के साथ कैसा अनोखा रिश्ता जुड़ गया है? जो उस पर विपत्ति आते ही मन उसकी सहायता करने को उकसाने लगता है? अंदर कुलबुलाहट सी मच जाती है।'

7

मज़बूर

शोध कार्य पूर्ण होते ही नाजिश को अपने नाम के आगे 'डॉक्टर' लिखने का प्रमाण पत्र मिल गया। अब वह स्वयं का परिचय 'डॉक्टर नाजिश' कहकर दे सकती थी। ऐसा शुभ मुहूर्त आया कि उसे तुरंत ही कस्बे के एक निजी महाविद्यालय 'देवबंद डिग्री कॉलेज' में सहायक प्राध्यापक का पद भी मिल गया। शादी के बाद ही नाजिश ने पोस्ट-ग्रेजुएशन किया था। उसके बाद डॉक्टरेट की डिग्री प्राप्त करने में भी उसे काफी समय लग गया था। जिसके कई व्यक्तिगत और पारिवारिक कारण थे।

निर्धारित समय सीमा के अंतर्गत डॉक्टरेट की उपाधि न प्राप्त कर पाने पर, एक बार उसे विश्वविद्यालय के रजिस्ट्रार से भी विशेष अनुमति लेनी पड़ी थी। नाजिश का पति हसन उसे दिल-ओ-जान से चाहता था। वह स्वयं केवल दसवीं तक पढ़ा हुआ था। लेकिन दिन-रात 'मेरठ विश्वविद्यालय' के चक्कर लगाकर उसी ने नाजिश को 'समाजशास्त्र' विषय में डॉक्टरेट की डिग्री प्राप्त करने में सहायता की थी। जब कभी वह हतोत्साहित हुई, उसी ने उसका हौंसला बढ़ाया।

वैसे तो घर में किसी प्रकार की कोई कमी नहीं थी। धन-दौलत, पुश्तैनी मकान, भरापूरा-परिवार सब कुछ था। लेकिन जब उच्च शिक्षा प्राप्त कर ली, तो नाजिश को नौकरी करने का जुनून चढ़ा। उसकी आठ और बारह साल की दो

बेटियाँ थी, जो सवेरे ही स्कूल बस से एक डे-बोर्डिंग स्कूल में पढ़ने चली जाती थीं। दोनों बेटियाँ अंग्रेजी माध्यम के काफी महँगे स्कूल में पढ़ती थीं।

पति दिनभर स्वयं के कारखाने की देखभाल में व्यस्त रहता। जिसमें कृषि कार्य में प्रयुक्त होने वाले टीलर, जंदरा, हेरो इत्यादि लोहे के विविध प्रकार के सामान बना करते थे। वह जाँच-परख करता कि नौकर ठीक से काम कर रहे हैं या नहीं। किसी सामान की शोर्टेज तो नहीं। बुक किए हुए ऑर्डर पर सामान पहुँचा है अथवा नहीं, इत्यादि।

घर का समस्त काम करना मेड की ज़िम्मेदारी थी। जो सुबह आती और शाम को चली जाती। कोई काम न होने के कारण दिन भर घर में अकेले रहते हुए, नाजिश बोर हो जाती थी। इसलिए अपनी बोरियत दूर करने और प्राप्त की गयी उच्च शिक्षा का लाभ उठाने के उद्देश्य से ही उसने नौकरी करना आरंभ किया।

नाजिश के कॉलेज ज्वॉइन करने के एक सप्ताह बाद ही, 'अब्दुर्रहमान' नामक एक नए हिन्दी प्राध्यापक की भी नियुक्ति हुई। दो-चार दिन साथ में काम करने के बाद ही नाजिश ने अब्दुर्रहमान को काफी पसंद किया। उसके व्यवहार, बातचीत करने का ढंग, किसी भी समय मदद करने के लिए तैयार रहना आदि ने नाजिश को काफी प्रभावित किया। नाजिश और अब्दुर्रहमान के विचार भी काफी मिलते थे। आचार-विचार, व्यवहार आदि की अनुकूल परिस्थितियाँ उन दोनों के बीच मेल-जोल बढ़ाने में सहायक सिद्ध हुई।

मुखसुख की प्रवृत्ति के कारण कुछ ही दिन बाद, अब्दुर्रहमान को स्टाफ़ के सभी सदस्य संक्षेप में 'रहमान साहब' कहने लगे। रहमान की उम्र यही कोई पच्चीस-छब्बीस वर्ष के लगभग थी। वह मूलनिवासी तो दूर किसी गाँव के थे, लेकिन कॉलेज में नियुक्ति पाने के बाद, किराए पर कमरा लेकर देवबंद में ही रहने लगे थे। जीवन संघर्ष की कठिनाइयों से जूझते हुए रहमान साहब विवाह भी नहीं कर पाए थे। इस विषय में यदि कोई उनसे बातचीत भी करता था तो कहते थे, "एक बार सरकारी नौकरी लग जाने दो, फिर शादी-विवाह की सोचूँगा। प्राइवेट नौकरी में तो अपना पेट पालना ही मुश्किल होता है। बीवी के खर्च कैसे बर्दाश्त करूँगा?"

नाजिश और रहमान ने जब साथ-साथ काम करना आरंभ किया तो एक-दूसरे का काफी खयाल रखने लगे। स्टाफ-रूम में आस-पास ही बैठते थे। इसलिए शिक्षार्थियों की अकादमिक और व्यावहारिक समस्याओं पर चर्चा करते। मेनेजमेंट संबंधी कोई समस्या आती तो मिलकर निपटान करते। कुछ ही दिन में दोनों इतने क्लोज हो गए कि कई गुप्त मुद्दों पर भी नि:संकोच होकर बातचीत करने लगे। लेकिन दोनों के बीच कोई गलत दृष्टिकोण नहीं पनपा। क्योंकि नाजिश उम्र में रहमान से काफी बड़ी थी। वह अब्दुर्रहमान को 'रहमान भाई' कहकर बुलाती थी। स्वयं का कोई सगा भाई न होने के कारण, वह सच्चे दिल से उसे अपना भाई मानने लगी थी।

जब ईद, बकराईद या घर में किसी भी तरह का कोई फंक्शन होता, नाजिश रहमान को दावत के लिए अवश्य इनवाईट करती। यदि वह उसके यहाँ न जाता अथवा बहाने बनाकर टालने का प्रयास करता तो वह नाराज हो जाती। लेकिन जल्दी ही मान भी जाती।

जब सर्दियाँ आती तो वह रहमान को सर्दी में पहनने का कोई न कोई कपड़ा जर्सी, स्वेटर, कैप, मफ़लर आदि अवश्य उपहार स्वरूप देती थी। जब भी रहमान लेने से इंकार करता तो हमेशा यही कहती, "बड़ी बहन समझकर ले लो, इंकार मत करो। बड़ी बहन को अच्छा नहीं लगेगा।" मजबूर होकर रहमान को...मफ़लर आदि लेना ही पड़ता।

नाजिश वास्तव में अच्छे दिल की महिला थी। वह रहमान को नि:स्वार्थ भाव से पसंद करने लगी थी। साथ-साथ काम करते हुए दोनों में भावात्मक लगाव सा हो गया था। वह उसका इतना लाड़ करने लगी थी कि अक्सर कहती, "मेरी कोई बहन अविवाहित नहीं बची है, वरना मैं उसकी शादी तुम्हारे साथ कराती। तुम मना भी करते तो ज़बरदस्ती तुम्हारा निकाह करा देती।"

वह किस्मत की धनी और अच्छी हैसियत वाली महिला भी थी। जिस भी काम में किस्मत आजमाती, वही उसे लाभ पहुँचाता। दो बार किसी लक्की ड्रा में दाँव लगाया और प्रथम स्थान पाया। पहली बार लक्की ड्रा में एक बाइक और दूसरी बार एक कार मिली। वह कॉलेज से एक-एक साल तक सैलरी नहीं लेती थी। एक मुश्त रुपया लेकर पति के कारोबार को आगे बढ़ाने में मदद करती थी।

चाहती थी कि उसका पति एक बड़ी फैक्ट्री का मालिक बने।

नाजिश में किसी प्रकार का कोई घमंड या लालच नहीं था। वह जितना कुछ कमाती थी, बेटियों की पढ़ाई-लिखाई और उनके शौक पूरा करने में खर्च करती। जो कुछ बचता अपने पति को दे दिया करती। उसे समझाते हुए कहती, "रुपया कारोबार में लगाओ, उसे खूब बढ़ाओ। फिर बड़ा सा नया मकान बनाओ। इतना बड़ा कि लोग उसे महल कहें।"

नाजिश का एक देवर था- 'शफीक'। देखने में सुंदर, जवान, सज्जन और भोला सा। वह हसन के साथ ही कारखाने में देख-रेख और बाहर के सभी कागजी कामों का निपटान करता था। वह कारखाने में कम लेकिन बाहर के ऑर्डर की माँग-आपूर्ति की भरपाई और बिल-टेक्स-बैंक आदि का काम पूरा करने की ज़िम्मेदारी अधिक निभाता था। हसन अपने छोटे भाई पर आँख बंद करके भरोसा करता था। वह उसे बहुत चाहता था। उसकी इच्छा थी कि शफीक कोई बड़ा बिजनेस मैन बने और खूब नाम कमाए।

नाजिश भी अपने देवर को बेटे समान मानती थी। वह जिस चीज़ के लिए भी ज़िद किया करता था, हमेशा पूरी हो जाती थी। शफीक जिस प्रकार से अपने भाई की मदद किया करता था, उस कारण भी नजिश उससे खुश रहती थी। उसे यही लगता था कि शफीक अपने भाई के काम को आगे बढ़ाने में काफी मदद करता है। इससे जल्दी ही कारोबार आगे बढ़ेगा।

घर-परिवार का काम व कारोबार अच्छे से चल रहा था। पूरा परिवार दिन-रात तरक्की की सीढ़ियाँ चढ़ते जा रहा था। लेकिन सबको जिज्ञासा थी, और आगे बढ़ने की। इसलिए सलाह-मशविरा करने के बाद सर्वसम्मति से अच्छा अवसर देखकर नयी 'स्टील फैक्ट्री' स्टार्ट करने की योजना बनायी गयी। सब सहमत व एकमत हो गए तो योजना को प्रगति देने हेतु बैंक से लोन लिया गया। लोहे के कारखाने की आवश्यकता अनुभव न कर उसे बेच दिया गया। उसके कारीगरों को स्टील फैक्ट्री में ही काम पर रखा गया।

बीच में कुछ इस प्रकार की परिस्थितियाँ और मजबूरियाँ आयी कि दो लोकल फाइनेंसरों से रुपया ब्याज पर लेना पड़ा। यह रुपया हसन ने व्यक्तिगत

रूप से अपनी ज़िम्मेदारी पर लिया। विभिन्न कठिनाइयों पर विजय प्राप्त करते हुए फैक्ट्री स्थापित हो गयी। धीरे-धीरे काम की गाड़ी दौड़ने लगी तो सब कुछ सही चल निकला। एक वर्ष के अंतराल में ही हसन और शफीक ने समस्त कारोबार बदल दिया।

कारोबार में सब कुछ ठीक था। लेकिन पुरानी कहावत है, "जब हर दुख देई, बुद्धि पहले हर लेई।" हसन से एक चूक हो गयी। छोटे भाई के प्रेम में आकर्षित होकर, उसने नयी स्टील फैक्ट्री शफीक के नाम करायी। नाजिश ने इसका विरोध भी किया। लेकिन हसन ने दलील दी, "हम दो नहीं, एक ही हैं। देखने में भले ही दो जिस्म लगें, लेकिन हमारी एक जान है। जैसा मैं हूँ, वैसा ही शफीक है। हम दोनों में इतनी मोहब्बत है कि जीते-जी अलग नहीं हो सकते। शफीक का और मेरा किसने बँटवारा किया है...?"

फैक्ट्री नाम हो जाने से शफीक बड़ा आदमी बन गया। यार-दोस्त उसे 'शफीक सेठ' कहने लगे। सम्मानित व्यक्ति बनते ही उसकी धूमधाम से शादी हो गयी। शादी के दो महीने बाद तक तो सब कुछ ठीक चला, लेकिन उसके बाद नए खून ने घर-परिवार में खलबली पैदा कर दी। शफीक की पत्नी काफी चालाक और लड़ाका निकली। उसकी नाजिश के साथ बिलकुल नहीं निभी। दोनों में सुबह-शाम वाक्-युद्ध रहने लगा।

शफीक की पत्नी ने उसे अपने जाल में ऐसा उलझाया कि उसने हसन और नाजिश की कोई भी बात मानना बंद कर दिया। घर की परिस्थितियाँ इतनी तेजी से बदली कि सात-आठ महीने बाद ही दोनों भाई अलग हो गए। जो भाई कभी शरीर और उसकी छाया के समान थे, एक-दूसरे से ईर्ष्या करने लगे।

जो पुश्तैनी मकान था, उसका बँटवारा हो गया। लेकिन वह फाइनेंसर के यहाँ गिरवी रखा हुआ था। उसे गिरवी रखकर ही लोकल फाइनेंसर से रुपया लिया गया था। शफीक की पत्नी ने उसके मन को ऐसा परिवर्तित किया कि उसने फैक्ट्री को आधा बाँटने या उसमें हिस्सा रखने से मना कर दिया। तर्क दिया कि रात-दिन मेहनत करके उसने फैक्ट्री खड़ी की है। बैंक से लोन लेने, अधिकारियों की खुशामद-मिन्नतें करके फैक्ट्री के कागजात पूरे कराने, उसका निर्माणगत ढाँचा खड़ा करने में कुत्ते की तरह दौड़ता फिरा है।

अंतर्संबंध और अन्य कहानियाँ

जो नाजिश कभी रुपयों से खेलती थी। रुपयों का तकिया बनाकर सोती थी। एक ही साल में कंगाली की डगर पर पहुँच गयी। जैसे-जैसे समय आगे बढ़ता, वैसे-वैसे नाजिश की आर्थिक स्थिति पीछे की तरफ दौड़ती। कार, बाइक, गहने तक बिक गए। फैक्ट्री के बैंक-लोन की किश्तें तो शफीक जमा करता था। क्योंकि फैक्ट्री उसी के नाम थी। लेकिन दो लोकल फाइनेंसरों से ब्याज पर जो रुपया लिया गया था, उसकी देनदारी हसन को ही करनी थी। क्योंकि उसने बिना किसी से सलाह-मशविरा किए ही, व्यक्तिगत रूप से वह रुपया लिया था। इस मामले का पता भी बाद में चला था। इस कारण सब उससे नाराज थे।

फाइनेंसर प्रतिदिन हसन के घर आकर उसे परेशान करने लगे। कुछ अन्य कर्जदार भी अपने-अपने रुपयों की माँग करने लगे। एक जाता तो दूसरा आ धमकता। एक फाइनेंसर काफी दबंगई था, एक दिन उसने नाजिश और बच्चों के सामने ही हसन का गिरेबान पकड़कर धमकी दी, "एक सप्ताह के अंदर ब्याज सहित रुपया वापस चाहिए, वरना सेहत के लिए अच्छा नहीं होगा।"

पत्नी और बच्चियों के सामने ज़लालत से बचने के लिए, हसन के हिस्से में जो आधा मकान आया था, उसने उसे बेचकर दबंगई फाइनेंसर का सभी रुपया चुकता कर दिया। अब हसन पूरी तरह कंगाल हो गया था।

देवबंद के बाहर एक गंदी सी बस्ती में हसन ने दो कमरे किराए पर लिए। अब तक उसकी बेटियाँ भी कुछ बड़ी हो गयी थी। एक बारह या तेरह साल की और दूसरी सोलह या सत्रह की हो गयी थी। घर चलाने की पूरी ज़िम्मेदारी नाजिश पर आ गयी। समस्त घरेलू स्थितियाँ काफी खराब हो जाने के कारण, दोनों बेटियों का एडमिशन अंग्रेजी माध्यम स्कूल से हटाकर, सरकारी 'कन्या इंटर कॉलेज' में कराया गया। जिसमें मामूली-सी फीस जाती थी।

मजबूर होकर हसन उस दूसरे फाइनेंसर के यहाँ काम करने लगा, जिसका उसके ऊपर कर्ज बाकी था। वह सवेरे ही उसके ऑफिस में पहुँच जाता और फाइनेंसर जो भी काम बताता वही करता। साफ-सफाई से लेकर ऑफिस में आने-जाने वालों को पानी पिलाने तक भी। फिर भी फाइनेंसर हसन के साथ काफी बत्तमीजी से पेश आता था। साथ ही तनख्वाह भी नहीं देता था। कहता था, "तुमने इतना रुपया उधार ले रखा है कि ब्याज ही नहीं चुकता हो रहा,

मूलधन की तो बात ही क्या?"

एक दिन काँच का कोई गिलास टूट जाने पर फाइनेंसर ने हसन को बहुत जलील किया। कई भद्दी गालियाँ भी दीं। आहत होने पर, बिना किसी को कुछ बोले हसन चुपचाप घर आ गया। उस समय नाजिश कॉलेज में ड्यूटी पर गयी हुई थी और बेटियाँ अपने कन्या इंटर कॉलेज में पढ़ने।

नाजिश कॉलेज से लौटी तो कमरे में देखा, 'हसन गले में फंदा डालकर पंखे से लटका हुआ है। उसकी दोनों आँखें बाहर निकली हुई हैं।' यह दृश्य देखते ही नाजिश अचेत होकर ज़मीन पर गिर पड़ी। कई घंटे बाद जब उसे होश आया, तो देखा जनाज़ा तैयार है। उसकी बेटियाँ जनाज़े के पास बैठी जोर-जोर से रो रही हैं।

अब नाजिश दुनिया में अकेली थी। उसका दुख-दर्द बाँटने वाला यदि कोई था, तो केवल उसकी बेटियाँ। माँ-बाप अकेले धामपुर में रहते थे। सगा भाई कोई था नहीं। ऐसे विकट समय में जितना भी हो सका, रहमान ने उसकी मदद करने की कोशिश की।

मय्यत के एक सप्ताह बाद ही नाजिश ने कॉलेज ड्यूटी पर जाना आरंभ कर दिया। ड्यूटी पर नहीं जाती तो मेनेजमेंट द्वारा सैलरी काटी जाती। क्योंकि कॉलेज सेल्फ-फाइनेंस था। सभी नियम, कायदे-कानून कॉलेज सेक्रेटरी द्वारा बनाए हुए थे। अब यही सैलरी नाजिश की आय का एकमात्र स्रोत थी। इसी से पूरे घर-परिवार का खर्च चलता था।

नाजिश चाहती थी कि उसकी बेटियाँ जल्दी से अपने पैरों पर खड़ी होकर उसका सहारा बन जाएँ। इसलिए वह उनकी पढ़ाई-लिखाई को लेकर काफी गंभीरता थी। एक बेटी क्लास नाइन्थ में पढ़ रही थी और दूसरी इंटर में। वैसे तो लड़कियाँ पढ़ने में ठीक थीं, लेकिन आरंभ में अंग्रेजी माध्यम स्कूल में पढ़ने के कारण उनकी हिन्दी काफी कमजोर थी। ऊपर से अब उन्हें हिन्दी माध्यम से पढ़ना पड़ रहा था। इस समस्या का कोई न कोई समाधान खोजना था। आमदनी इतनी नहीं थी कि बेटियों का ट्यूशन करा सके।

नाजिश रहमान को अपने भाई जैसा मानती रही थी। इसलिए उसने

रहमान को अपनी समस्या बतायी, "उसकी बड़ी बेटी कशिश के तीन महीने बाद इंटर के एक्जाम होने वाले हैं। उसके हाफ-इयरली एक्जाम में वैसे तो सभी सब्जेक्ट में ठीक मार्क्स आए हैं। लेकिन हिन्दी में फेल हो गयी है। हमेशा यही कहती रहती है, मुझे हिन्दी समझ नहीं आती। रहमान भाई, आप बोर्ड एक्जाम के समय तक कशिश को हिन्दी पढ़ा दीजिए। आपकी मेहरबानी होगी।"

रहमान पर नाजिश के कई एहसान थे। उसने भी कई प्रकार के घरेलू दुख सहे थे। उसे नाजिश का दुख अपना ही लगा, इसलिए वह तैयार हो गया। वह सवेरे तैयार होकर नाजिश के घर पहुँच जाता। उसकी बेटी कशिश को हिन्दी पढ़ाता। फिर वहीं नाश्ता करता और नाजिश को अपने साथ बाइक पर बैठाकर कॉलेज पहुँच जाता। यह क्रम उसकी दिनचर्या का हिस्सा बन गया।

रहमान ने कशिश को हिन्दी पढ़ाते-पढ़ाते कुछ शृंगारिक कवियों के ऐसे दोहे और कविताएँ पढ़ा डाली कि वह उसकी ओर आकर्षित हो गयी। शृंगार रस और कामुक साहित्य के अंतर के बारे में खुलकर बातें करने लगी। रहमान के साथ हँसी-मज़ाक भी करने लगी। कुछ ही दिन बाद रहमान के प्रति कशिश के क्रियाकलापों में कई गंभीर बदलाव दिखाई देने लगे।

जब नाजिश ने यह अवलोकन किया तो स्पष्ट रूप से कशिश से पूछ लिया कि मामला क्या है? कशिश ने बिना डरे या शरमाए साफ-साफ शब्दों में बोल दिया, "ममा, मुझे रहमान जी अच्छे लगते हैं। मैं...।"

यह सुनकर नाजिश सोच में पड़ गयी, अब क्या करे? उसने कोई विरोधी प्रतिक्रिया करने के स्थान पर हिसाब लगाया, 'बेटी कुछ ही दिन में बालिग हो जाएगी। उसकी शादी भी करनी ही पड़ेगी। अब उसकी इतनी हैसियत भी नहीं कि बेटी का धूमधाम से विवाह कर सके। वह कई वर्षों पहले चाहती थी कि यदि उसकी कोई बहन होती तो रहमान के साथ उसकी शादी करती। रहमान जैसा अच्छा इंसान मुश्किल से मिलता है।'

कुछ व्यक्तिगत कारणों से रहमान अभी तक अविवाहित था। उसका सपना था कि जब सरकारी नौकरी लग जाएगी तब शादी-विवाह करेगा। लेकिन सरकारी नौकरी लग नहीं पायी थी। कई बार विभिन्न आयोगों में इंटरव्यू तक

पहुँचा था। लेकिन मेरिट में अपना स्थान पक्का नहीं कर पाया था। कंपटीशन फेस करते और इंटरव्यू देते-देते, अब ओवर एज भी होता जा रहा था।

नाजिश ने रहमान से कशिश और उसकी शादी के संबंध में बातचीत की। उसने नाजिश की परेशानियों और घरेलू परिस्थितियों को समझते हुए, कशिश को अपनी बीवी के रूप में स्वीकार करने की सहर्ष स्वीकृति दे दी। कुछ महीने बाद जब कशिश बालिग हुई तो नाजिश ने मजबूर होकर उसका निकाह अधेड़ रहमान से कर दिया।

इसके बाद अपनी छोटी बेटी को लेकर, धामपुर अपने माँ-बाप के साथ रहने चली गयी।

8

उलझन

गली में खड़े होकर इस्माइल ने नवाज को जोर-जोर से दो-तीन आवाज़ लगाई, "ओ...ss नवाज! ओ... नवाज! आज कॉलेज का पहला दिन है और तुम आज भी देर कर रहे हो। अपनी ये लेट-लतीफी की आदत कब छोड़ोगे? मैं गाँव से समय पर यहाँ पहुँच गया और तुम अभी तैयार भी नहीं हुए हो? टाइम नहीं देखा क्या? दस बजने वाले हैं।"

नवाज ने अपने दुमंज़िले मकान की खिड़की से गली में झाँककर, इस्माइल को आश्वासन देते हुए कहा, "बस यार! थोड़ा-सा लेट हो गया। दो मिनट वेट कर। अभी नीचे आया।"

हुआ भी ठीक ऐसा ही। इस्माइल को अधिक इंतज़ार नहीं करना पड़ा। नवाज सज-सँवरकर गली में पहुँच गया और इस्माइल से यह कहते हुए हाथ मिलाया, "ज़्यादा इंतज़ार तो नहीं करना पड़ा। पापा ने लेट करा दिया, यार! उनकी बाइक स्टार्ट नहीं हो रही थी। उसका प्लग साफ करके फिर से लगाना पड़ा। अभी ड्यूटी के लिए निकले हैं।"

फिर दोनों बातचीत करते हुए कॉलेज की ओर चल दिए, "तुम्हें पता है या नहीं, अदिबा ने भी हमारे कॉलेज में ही एडमिशन लिया है।" इस्माइल ने फरमाया।

"हाँ, पता तो चला था। लेकिन एक बात समझ नहीं आयी, उसका घर तो कॉलेज से चालीस किलोमीटर दूर है। वह प्रतिदिन घर से कैसे अप-डाउन किया करेगी?" नवाज़ ने प्रश्नात्मक रूप में जिज्ञासा व्यक्त की।

"सुना है, यहीं देवबंद में खाला के घर रह कर पढ़ाई करेगी और सप्ताह में घर जाया करेगी। कॉलेज में रेगुलर क्लासें तो चलती नहीं! इसलिए जब उसका मन हुआ करेगा, कॉलेज आ जाया करेगी।" इस्माइल ने नवाज की जिज्ञासा को शांत करने का प्रयास किया।

"कुछ पता है? अदीबा ने कौन-कौन से सब्जेक्ट चूज किए हैं?" नवाज ने फिर पूछा।

"जो सब्जेक्ट तुमने लिए हैं, सेम वही अदीबा ने भी लिए हैं।" इस्माइल बोला।

जैसे-जैसे दोनों के क़दम कॉलेज की ओर बढ़ते गए, वैसे ही बातचीत का सिलसिला भी आगे बढ़ता गया।

फिर दोनों में बिताई गयी गर्मियों की छुट्टियों में घूमने-फिरने, नए पाठ्यक्रम की पुस्तकों की व्यवस्था, आगे कैरियर के चुनाव आदि को लेकर कई प्रकार की चर्चा-परिचर्चा हुई। वे बातचीत करते हुए पैदल ही कॉलेज पहुँच गए।

इस्माइल, नवाज और अदिबा अच्छे दोस्त होने के साथ ही आपस में रिश्तेदार भी थे। तीनों ने एक साथ 'राजकीय स्नातकोत्तर महाविद्यालय, देवबंद' में स्नातक प्रथम वर्ष में प्रवेश लिया। तीनों का रहन-सहन, आचार-व्यवहार भिन्न प्रकार का था। जीवन-जीने, पढ़ने-लिखने आदि के उद्देश्य भी अलग-अलग थे।

इस्माइल का गाँव कॉलेज से बारह किलोमीटर की दूरी पर था। वह पब्लिक ट्रांसपोर्ट के माध्यम से कॉलेज आवागमन करता था। खूब पढ़ाकू, किताबी कीड़ा, कैरियर बॉय, संवेदनशील लड़का आदि के खिताब उसे दोस्तों, परिवार वालों और रिश्तेदारों से मिले हुए थे। उसे अपनी किताबों के समक्ष कोई सुंदर वस्तु भी अच्छी नहीं लगती थी। कोई भी किताब खरीदकर एक-दो दिन में ही पढ़ डालने की आदत थी, उसकी। किताबों में उसकी आत्मा बसी हुई थी।

नवाज एकदम भावुक प्रवृत्ति का था। उसके दो शौक़ थे- नए-नए फ़ैन्सी कपड़े पहनकर खूब सज-सँवरकर रहना। और कॉलेज की सुंदर लड़कियों के साथ बातचीत करना। किसी भी सुंदर लड़की से बात करने के लिए वह बड़ी से बड़ी शर्त दोस्तों से लगा लेता था। इस काम में उसे महारत हासिल थी। वह जब भी किसी लड़की से बात करता, तो इस आत्मविश्वास से करता कि बाद में वह उसके बारे में अपनी दोस्तों से अवश्य पूछताछ करेगी। वह कहता था, "अगर कॉलेज आकर मैं किसी खूबसूरत लड़की से बात न करूँ, तो मेरा आना बेकार है। कॉलेज आना तो मात्र एक बहाना है। सोहनी कुड़ियों को पटाना है।"

इस प्रक्रिया में जब कभी उसे सफलता नहीं मिलती तो वह अदिबा को मोहरा बनाकर इस काम को अंजाम देता। भोली और नादान-सी अदिबा हमेशा ही नवाज की मदद करने को तैयार रहती।

स्नातक प्रथम वर्ष में प्रवेश लेते ही, नवाज का इस प्रकार कॉलेज की लड़कियों से हमेशा बातें करना, उनसे चिपके रहना कुछ लड़कों को अखरने लगा। इस प्रवृत्ति के कारण नवाज और कुछ अन्य लड़कों का एक-दो बार झगड़ा भी हो गया। लेकिन नवाज के सहयोगियों ने बीच-बचाव करके मामले को शांत कर लिया। क्योंकि नवाज घर-परिवार से बड़ी हैसियत वाला लड़का था। इसलिए जब उसके विरोधियों ने देखा कि उसके साथ कई गुंडानुमा दोस्त हैं, तो अपना हाथ वापस खींच लिया।

अदिबा, एकदम शांत और कुछ संकोची स्वभाव की थी। वह अक्सर खोई-खोई सी रहती थी। अपनी बातें कभी भी स्पष्ट रूप में बोलकर नहीं कह पाती थी। इस कारण कई बार अंदर ही अंदर घुटती भी रहती थी। नवाज के प्रति उसका विशेष आकर्षण था। इसलिए विभिन्न अवसरों पर उसको गिफ्ट दिया करती थी। जिसके लिए वह कोई न कोई बहाना खोज लेती थी। कैसा भी काम हो वह नवाज का सहयोग करने में हमेशा तत्पर रहती थी। पढ़ाई में वह मध्यम स्तर की छात्रा थी।

शैक्षिक सत्रों में अपने-अपने कर्तव्यों का निर्वहन करते हुए, प्रथम से द्वितीय और द्वितीय से तृतीय वर्ष की सीढ़ियाँ पार करते हुए, तीनों ने एक साथ स्नातक उत्तीर्ण कर लिया। नवाज के अंक और श्रेणी बिलकुल संतोषजनक नहीं

रही। इसलिए उसने आगे किसी भी पाठ्यक्रम या कोर्स में प्रवेश लेने के स्थान पर पढ़ाई छोड़कर पुस्तकों और स्टेशनरी की दुकान आरंभ कर दी। दुकान उसकी स्वयं की थी। इसलिए किसी को किराया-भाड़ा देना नहीं था।

इस्माइल अपने कैरियर के प्रति जुनूनी था। आगे और सिर्फ आगे बढ़ना ही उसके ध्यान में केंद्रित था। उसका सपना ऑफिसर या प्रोफ़ेसर बनने का था। इसलिए उसने आगे स्नातकोत्तर में प्रवेश लिया और देवबंद शहर में किराए पर कमरा लेकर पढ़ाई करने लगा।

अदिबा का कोई निश्चित लक्ष्य या उद्देश्य नहीं था। उसे देखकर यही लगता था कि वह जीवन के प्रति अधिक चिंतित नहीं है। जैसा चल रहा है, चलने दो। उसने शिक्षण संबंधी एक पाठ्यक्रम बी.ईएल.एड. में प्रवेश ले लिया। उसकी खाला की कोई बड़ी संतान नहीं थी, इसलिए खाला के विभिन्न कामों में हाथ बँटाते हुए वह देवबंद में ही रहने लगी।

जीवन यात्रा का पहिया घूमने लगा तो तीनों अपनी-अपनी राहों पर चलने लगे।

नवाज का नियम-सा बन गया कि वह शाम के समय जब कभी अपनी दुकान के छिटपुट सामान की भरपाई के लिए होल-सेलरों के पास पुस्तकें और स्टेशनरी आदि सामान लेने जाता तो अदिबा से अवश्य मिलता। क्योंकि अदिबा की खाला नवाज की फुआ लगती थी, इसलिए शाम का खाना खिलाए बिना, वह कभी भी उसे विदा न करती। नवाज खाना खाता, कुछ समय टी.वी. पर किसी प्रसिद्ध वेब सीरीज का कुछ अंश देखता, अदिबा से बातें करता। खाना समाप्त होते ही वह फुआ से विदा लेता। अदिबा उसको गेट तक छोड़ने आती और उसके बाहर निकलते ही मुख्य दरवाजे की कुंडी बंद कर लेती।

नवाज सीधा इस्माइल के कमरे पर पहुँचता और अदिबा के साथ बिताए लम्हों की बढ़ा-चढ़ाकर चर्चा करता।

नवाज सप्ताह में दो-तीन बार अदिबा से अवश्य मिलता और उसके साथ की गई हँसी-मज़ाक को प्यार के आवरण में लपेटकर इस्माइल को सुनाता। इस्माइल को इस मामले में न अधिक दिलचस्पी थी और न रूखापन। नवाज

अंतर्संबंध और अन्य कहानियाँ

जैसा किस्सा, घटना, मामला आदि बताता वह वैसा ही मान लेता। उसकी खोजबीन, जाँच-परख आदि के चक्कर में न पड़ता।

जैसा कि ऊपर वर्णित है, अदिबा का नवाज के प्रति पहले से ही आकर्षण था। अनुकूल वातावरण मिलने पर वह धीरे-धीरे प्रकट होने लगा। इसी कारण नवाज को भी अदिबा के प्रति हमदर्दी-सी होने लगी। शाम को जब दोनों साथ खाना खाते, टी.वी. देखते, तो खूब बतियाते। परिस्थितियाँ ऐसी बन गयी कि दोनों एक-दूसरे को चाहने लगे।

फुआ को इस मामले की तनिक भनक लगी तो उसकी इच्छा हुई कि दोनों का विवाह हो जाए। लेकिन समस्या यह थी कि नवाज के दादा ने मरने से पहले अपने एक दोस्त के परिवार में उसकी मँगनी तय कर दी थी। नवाज के पापा से वादा कराया था कि वे उसका विवाह वहीं करेंगे। इसलिए एक मरने वाले व्यक्ति की अंतिम इच्छा की, किसी भी प्रकार अनदेखी नहीं की जा सकती थी।

जैसा कि नियम सा बन गया था- नवाज शाम को अकसर फुआ के घर खाना खाता, अदिबा से गप्पे करता और इस्माइल के कमरे पर वापस आकर उसे अपने और अदिबा के भावात्मक किस्से सुनाता। उनमें थोड़ा नमक-मिर्च भी लगा लिया करता। तनिक सी बात को काफी बढ़ा-चढ़ाकर बताता।

एक दिन नवाज ने इस्माइल को बताया कि आज उसने अदिबा को अपने दिल में छुपी सभी बातें कह डाली। अदिबा ने भी स्वीकार किया है कि वह भी उसे पिछले तीन वर्ष से चाहती है, लेकिन कभी ऐसा अवसर नहीं मिला कि कुछ कह सके।

फिर एक दिन नवाज ने इस्माइल को बताया कि आज जब अदिबा उसे गेट तक छोड़ने आई तो उसने अँधेरे का लाभ उठाकर उसका हाथ पकड़ लिया। इससे वह सहम गई, उसने शीघ्रता से हाथ छुड़ाकर दरवाजा बंद कर लिया।

"एक दिन जब अदिबा नवाज को गेट तक छोड़ने आयी, उसने उसका हाथ चूम लिया। दोनों को काफी अच्छा लगा।"

"एक दिन अदिबा से कहा कि तुम्हारी आँख पर कुछ लगा हुआ है। पलकें साफ करने के बहाने, उसकी आँखें बंद करके चुम्मा ले लिया। वह शरमाकर

भाग गयी।"

"एक दिन कोई नया बहाना बनाकर, होंठों का किस्स कर लिया।"

"अन्य दिन अपने आलिंगन पाश में बाँध लिया और देर तक एक-दूसरे में खोए रहे...आदि, आदि।"

उपर्युक्त के अतिरिक्त कई अन्य गंभीर बातें भी नवाज ने इस्माइल को बताई। एक वर्ष तक यही सिलसिला चलता रहा।

उक्त मामले की कोई ऐसी बात नहीं छूटी थी, जो नवाज ने इस्माइल को न बताई हो। कई बार तो वह किसी मामूली-सी घटना को काफी बढ़ा-चढ़ाकर बताता। जिस दिन कुछ नहीं होता अर्थात् कोई घटना घटित नहीं होती, उस दिन नवाज कोई नया किस्सा गढ़कर यह दर्शाने का प्रयास करता कि अदिबा जैसी कितनी ही लड़कियाँ उसकी दीवानी हैं।

इस्माइल जब ये सारी बातें सुनता तो उसका मन भी प्यार करने का होता। लेकिन कहीं कोई चांस न मिलने के कारण कभी-कभी उदास भी होता। साथ ही पढ़ाई को अधिक वरीयता देने के कारण, प्यार के छलावे से बचने का कोई-न-कोई तोड़ निकालकर वह स्वयं को नियंत्रित भी करता। अन्य कार्यों की अपेक्षा उसका अपने कैरियर पर अधिक ध्यान केंद्रित था।

परिस्थितियों ने करवट बदली, ज़िंदगी का फलसफ़ा और आगे बढ़ा। किसी विवाह में अदिबा और इस्माइल के अब्बाओं की मुलाक़ात हो गयी। दोनों में गपशप होने लगी तो हँसी-मज़ाक में अदिबा और इस्माइल के विवाह की बात छिड़ गयी। दोनों ने सोचा पुरानी रिश्तेदारी को क्यों न नया बना लिया जाए।

जब एक-दो रिश्तेदारों के सामने इस मामले को रखा गया तो सबने सहर्ष सहमति दी। नवाज के अब्बा से मशविरा किया तो वे चट मँगनी, पट विवाह करने को कहने लगे। इस चर्चा में इतना उबाल आया कि लगा एक-दो सप्ताह में ही इस्माइल और अदिबा का विवाह हो जाएगा।

अदिबा और इस्माइल को इस बारे में तनिक भी जानकारी नहीं थीं। जबकि उनके रिश्तेदारों में उन दोनों के विवाह की बात दूर तक फैल गयी। इस मामले की थोड़ी-सी सूचना नवाज को भी मिल गयी। वह अदिबा के साथ शादी

तो करना चाहता था, लेकिन जैसा कि पहले ही बताया जा चुका है, उसके दादा ने मरने से पहले उसका रिश्ता अपने एक दोस्त के परिवार में तय कर दिया था। इसकी अनदेखी नहीं की जा सकती थी।

नवाज काफी चिंतित हो उठा। एक द्वंद्व सा उसके मन में छिड़ गया। कभी उसे बिना किसी कारण ही बहुत गुस्सा आने लगा, तो कभी गुमसुम, खोया-खोया एक स्थान पर बैठा रहता। अजीब-सी उलझन उसके दिल व दिमाग में गाँठ सी बनाने लगी। प्रतिक्षण यही सोचता रहता कि इस्माइल को कैसे और क्या-क्या समझाऊँ? कैसे यक़ीन दिलाऊँ कि उसने अदिबा के साथ कोई गलत काम नहीं किया? अदिबा के साथ वह जो कुछ भी करता था, सब कुछ बढ़ा-चढ़ाकर तो इस्माइल को बताता था। भले ही कुछ किस्से मनगढ़ंत थे। लेकिन कुछ तो हकीकत थे।

यदि अदिबा और इस्माइल की शादी हो गयी तो क्या होगा? उनकी शादी अधिक दिन चल पाएगी? इस्माइल, अदिबा और नवाज के बीच होने वाली प्रत्येक बात जानता है। चाहे वह सच्ची थी अथवा झूठी। क्या वह अदिबा को पत्नी के रूप में स्वीकार कर पाएगा? वह हमेशा उसे बदचलन समझता रहेगा। दोनों की घर-गृहस्थी कितने दिन चल पाएगी? ऐसे ही प्रश्नों की उलझन में नवाज आज तक उलझा हुआ है।

इस उलझन को कैसे सुलझाया जाए आप भी ज़रा सोचिए।

9

उदास

शरद ऋतु की हल्की ठंड के साथ मीठी नींद में खोयी हुई निकहत के दिन की शुरुआत आम दिनों की तरह हुई। उसकी नींद, अलार्म से नहीं बल्कि अम्मी के तानों से टूटी। ऐसा होना कोई खास नहीं, बल्कि आम बात बन चुकी थी। प्रतिदिन का एक अटूट नियम सा।

रसोई में से बड़बड़ाते हुए अम्मी बोल रही थी, "पन्द्रह की हो गयी, ये देर तक सोने की आदत पता नहीं कब छूटेगी? अगर जगाओ नहीं, तो बारह बजे तक सोती रहे। दूसरे घर जाना है। थोड़ा रसोई का काम भी तो सीख। सुबह की चाय बनाकर अपने अब्बू को तो दे ही सकती है। इसकी उम्र में मुझे रसोई का सारा काम आ गया था। और एक ये है, अब तक चाय बनाना भी नहीं सीखा!"

इस हिदायत को सुनकर भी निकहत ने अनसुना कर दिया। काफी हँसोड़ प्रवृत्ति की होने के कारण निकहत पर अम्मी के ताने-उलाहनों का कोई विशेष प्रभाव भी नहीं पड़ता। अम्मी कितना ही बड़बड़ाती रहे, वह उसकी बातों को हँसी-मज़ाक में टाल देती है। इसलिए वह अलसाई हुई सी कुछ देर चारपाई पर ही लेटी रही। फिर धीरे से बोल पड़ी, "इस अम्मी ने सुबह ही बड़बड़ाना शुरू कर दिया। चैन से सोने भी नहीं देती। अल्लाह रहम करे।"

इन वाक्यों को शायद अम्मी ने सुन लिया। इसलिए वह तीखे स्वर में फिर

अंतर्संबंध और अन्य कहानियाँ

जोर से बड़बड़ायी, "अब तो उठ जा। स्कूल नहीं जाना क्या? तैयार होने में भी टाइम लगेगा?"

अम्मी के तीखे स्वर ने थोड़ा-सा प्रभाव डाला। इसलिए निकहत ने चारपाई से नीचे पैर रखकर दो-तीन जम्हाइयाँ ली। फिर हिलते-डुलते अपने बिस्तर को अलविदा कहा। कुछ देर खड़ी होकर आँगन के बगीचे में घास पर बिखरी शबनम को निहारने लगी। शबनम को देखकर वह बहुत खुश हुई। उसने कल्पना की, 'काश! वह भी शबनम बन जाए। जब सूरज की तेज़ धूप उस पर पड़ने लगे, वह उड़कर आकाश में चली जाए। पक्षियों के समान आकाश में उड़ती फिरे।'

फिर एकाएक निकहत को स्कूल जाने का खयाल आया। वह तेजी से बाथरूम की ओर दौड़ी। नहा-धोकर जल्दी से स्कूल के लिए तैयार हुई। अजीब-सी स्फूर्ति के कारण उसने तीस मिनट का काम पंद्रह मिनट में ही समाप्त कर लिया।

अम्मी ने आज रात की बची हुई रोटियों को तेल और नमक लगाकर सेंका। उन्हें चाय के साथ नाश्ते के रूप में परोसा। प्लेट पर निकहत की नज़रें पड़ते ही, वह थोड़ा गुस्से में बड़बड़ायी, "अम्मी....! तू हर बार भूल जाती है। आज फिर अचार नहीं दिया। तेल लगाकर रोटियाँ सेंक देने से वे पराठे नहीं बन जाते। कैसे खाऊँ इन सूखी रोटियों को? इन्हें चबाने के लिए अचार तो दे दो।"

अम्मी थोड़े तीखे लहजे में कटाक्ष सा करते हुए बोली, "अपने आप ले ले न। अब तू इतनी छोटी नहीं रह गयी कि कार्निश से अचार का डब्बा भी न उतार सके। हर वक़्त दूसरे पर सवारी करने को तैयार रहती है। थोड़ा-बहुत काम तो कर लिया कर। ये कामचोरी छोड़ दे निकहत, पराए घर भी जाना है। उम्रभर कोई बैठाकर नहीं खिलाएगा।"

अम्मी की हिदायतें सुनकर, किसी भारी-भरकम काम को करने के समान, निकहत ने कार्निश से अचार का डब्बा उठाया और जल्दी से नाश्ता करने लगी।

अचानक उसने अनुभव किया कि वह आज फिर स्कूल के लिए लेट हो जाएगी। प्रेयर छूट गयी तो मैडम की डाँट सुननी पड़ेगी। रोज नए-नए बहानों से मैडम नहीं पिघलने वाली। इसलिए आधा-अधूरा नाश्ता कर, बैग उठाकर वह

तेजी से दरवाजे की तरफ दौड़ी। लेकिन पीछे से अम्मी की तीखी आवाज ने उसे फिर वापस मोड़ दिया।

अम्मी चीखती हुई सी कह रही थी, "क्या फितूर सवार है तेरे सर पर? सबका भूलना दिखता है तुझे। लेकिन खुद भी दिन में पचास बार चीजें भूलती रहती है। तेरे सौ खून माफ और दूसरे की छोटी-सी गलती की सजा फाँसी। आजकल पता नहीं किस दुनिया में खोयी रहती है? अपना खाने का टिफिन तो ले जा। वरना दिन भर भूखा रहना पड़ेगा।"

इन वाक्यों को सुनते ही निकहत, मुख्य द्वार की दहलीज़ पर ऐसे रुकी जैसे किसी ने ब्रेक लगा दिए हों। वह जल्दी से बोली, "अम्मी आज पेट में दर्द है, मैं आज खाना नहीं ले जाऊँगी। ज्यादा भूख लगी तो दोस्तों से थोड़ा-बहुत लेकर खा लूँगी।"

निकहत ने ये वाक्य बोले ही थे कि उसके मन में रजनी की बात याद आयी, जो उसने कल छुट्टी के समय कही थी। सारी बात याद करते ही निकहत खिल उठी, 'आज तो रजनी का बर्थडे है और छुट्टी के बाद वह सब दोस्तों को गरमागरम चाउमीन और मोमो खिलाएगी। रजनी के साथ जाने में एक से डेढ़ घंटा लग जाएगा। इसलिए अम्मी से इजाजत लेनी पड़ेगी।'

तुरंत रंग बदलकर निकहत फिर बोली, "अम्मी, आज मैं देर से घर आऊँगी। एक दोस्त के साथ मार्केट में कुछ काम है। मुझे भी प्रेक्टिकल का रजिस्टर खरीदना है।"

अम्मी ने पूछा "क्यों, क्या बात है? तू इतनी जिम्मेदार कब से बन गयी, जो तुझे काम की याद रहने लगी। घर का एक भी काम तो ढंग से होता नहीं तुझसे। दोस्तों के साथ खरीददारी करेगी?"

"आज रजनी का बर्थडे है, वो हम सब दोस्तों को पार्टी दे रही है। छुट्टी के बाद सब उसके साथ मार्केट जाएँगे। उसने कल ही बता दिया था।" बात को और घुमाने के बजाए निकहत ने सच बोल दिया।

अपनी बात में तनिक आश्चर्य और गुस्से का मिश्रण करके अम्मी बोली, "पार्टी? तू अभी इतनी बड़ी नहीं हुई कि पार्टी करे। स्कूल के बाद चुपचाप वक्त

पर घर आ जाना। ये बात गाँठ बाँधकर सुन ले। तेरे अब्बू को पता चला तो अच्छा नहीं होगा, निकहत! कहीं ऐसा न हो तेरे साथ ही मुझे भी डाँट-फटकार सुनने को मिले।"

निकहत ने बिना कुछ बोले उदास मन से "हाँ" में सिर हिलाया और स्कूल की ओर प्रस्थान कर गयी।

स्कूल पहुँचकर निकहत कक्षा में चुपचाप बैठ गई। उसकी ऐसी स्थिति देखकर एक सहेली ने पूछा, "आज हँसोड़ तोते को क्या हो गया? क्यों मुँह लटकाए बैठी? चल गप्पे-शप्पे लगाकर मौज-मस्ती करते हैं।"

निकहत दर्दीली आवाज़ में बोली, "आज सुबह से ही पेट में हल्का-सा दर्द हो रहा था, लेकिन अब दर्द बढ़ता जा रहा है। पता नहीं इसे कब तक सहन करना पड़ेगा?"

किसी दोस्त के साथ धींगा-मस्ती करने के बजाए, निकहत चुपचाप अपनी चेयर पर बैठी रही। दो कालांश के बाद जब अधिक कठिनाई हुई तो वह स्कूल में काम करने वाली सती दीदी के पास गयी और बोली, "दीदी जी! पेट में बहुत दर्द हो रहा है। कोई दवाई मिलेगी क्या?"

सती दीदी आँखें तरेर कर, उखड़े स्वर में बोली, "जा पानी पी ले, ठीक हो जाएगा। सुबह भारी-भरकम खाया होगा। पेट में गैस बन रही होगी।"

निकहत ने पानी पिया और फिर से कक्षा में जाकर बैठ गयी। अगले दो कालांश के बाद निकहत को पेट दर्द के साथ ही लघुशंका की शिकायत भी महसूस हुई। परंतु स्कूल का शौचालय अत्यधिक गंदा और टूटा होने के कारण उसका मन वहाँ जाने का न हुआ। इसलिए वह कक्षा में ही बैठी रही। लेकिन जब पेट दर्द हद से पार होने लगा वह फिर से सती दीदी के पास पहुँची और बोली, "दीदी! पेट में बहुत ज़ोर से दर्द हो रहा है, तो क्या मैं आप लोग वाले टॉयलेट में चली जाऊँ?"

सती दीदी ने तिरछी नज़र से निकहत को ऊपर से नीचे तक देखा और तीखे स्वर में बड़बड़ायी, "सुन रे लड़की, दर्द तेरे पेट में है, तेरे जिगर में नहीं। चुपचाप क्लास में जाकर बैठ जा। ख़बरदार जो स्टाफ के टॉयलेट को गंदा किया।"

निकहत वापस कक्षा में रूँआसा मुँह बनाकर बैठ गयी और दर्द से कराहती रही। जब स्कूल की छुट्टी हुई तो सभी सहेलियाँ इकट्ठा होने लगी। रजनी ने निकहत से पूछा, "चलेगी न आज? सब दोस्त साथ चल रहे हैं। मजा आएगा।"

निकहत ने 'न' में सर हिलाया।

रजनी बोली "अरे, मैं तेरी अम्मी से बात कर लूँगी, चल न मजा आएगा। आंटी अच्छी हैं, वे मान जाएँगी। मैं उन्हें सच-सच बता दूँगी। मैं तेरे साथ घर चलूँगी। मुझ पर भरोसा कर।"

निकहत को पेट दर्द के कारण खड़ा भी नहीं हुआ जा रहा था। इसलिए उसने उदास होकर, मायूस चेहरे से मन मसोसकर जवाब दिया "मुझे घर जाना है। टॉयलेट जाना पड़ेगा।"

रजनी और अन्य सब दोस्त मार्केट की ओर चल दी। उन्हें हँसी-मज़ाक और मौज-मस्ती करते हुए जाता देख निकहत काफी उदास हुई। कई तरह के विचार उसके मन में उठे, "अगर स्कूल का टॉयलेट ठीक होता, तो उसमें जाकर थोड़ा आराम मिल जाता। सती दीदी का क्या बिगड़ जाता जो एक बार स्टाफ का टॉयलेट यूज़ करने देती? उसके बाद मैं भी रजनी के साथ मार्केट जा सकती थी। ये पीरियड्स की प्रोब्लम भी कैसी होती है, किसी को खुलकर बता भी नहीं सकते?"

जब रजनी और उसकी सभी दोस्त, निकहत की आँखों से ओझल हो गयीं तो वह उदास मन से घर लौट गयी।

10

टॉप का सौदा

सर्दी की खिली धूप की मादकता का लुत्फ़ उठाता बबलू दुकान के मुहाने पर खड़ा, कॉलेज जाती हुई बालाओं को घूर रहा है। जैसे ही कोई लड़की या लड़कियों का समूह बबलू को अपनी ओर आता दिखायी देता है, वह उसकी/ उनकी ओर लालायित नज़रों से ताकने लगता है। किसी एक पर नहीं बल्कि सभी लड़कियों पर वह लाइन मार रहा है। उसने अपने दिल का ब्लूटूथ काफी समय से ऑन किया हुआ है और पूरी कोशिश कर रहा है, 'किसी नवयौवना के प्यार का डाटा उसे मिल जाए।'

बबलू ने अभी-अभी खैनी मथकर अपने ऊपर के होंठ के नीचे दबाई है। जब उसे खैनी से अधिक सुरूर प्राप्त करना होता है, वह उसे नीचे के बजाए ऊपर के होंठ के नीचे दबाता है। जैसे ही सुरूर उसके दिमाग में चढ़ता है, वह आँखें बंद कर लेता है। लेकिन जैसे ही कॉलेज जाती हुई किसी लड़की को देखता है, उसकी आँखें क्षमता से अधिक खुल जाती हैं।

अपनी एक एक्स-गर्लफ्रेंड 'मुस्कान' के नाम पर उसने दुकान का नाम भी 'मुस्कान हेयर कटिंग' रखा हुआ है। किसी दूसरे की हो चुकी मुस्कान के बारे में जब कभी वह डूबकर सोचता है, तो भावनाओं का उमड़ा सैलाब, पत्थरों को फोड़कर निकलने वाले झरने के समान आँखों से आँसुओं के रूप में बहने लगता

है।

मुस्कान की याद मिटाने के लिए वह हर संभव प्रयत्न कर रहा है कि कोई नई चिड़िया उसके जाल में फँस जाए। इसलिए जब भी कोई कुड़ी कुँवारी देखता है तो तुरंत दिल का ब्लूटूथ ऑन कर लेता है कि उस नवयौवना बाला के इश्क का डाटा उसे मिल जाए।

आज जब सर्दियों की छुट्टियों के बाद कॉलेज खुला है तो प्रति दो–तीन मिनट बाद, दो–चार बालाओं का समूह कंधों पर बैग लटकाए या पुस्तकें हाथ में लिए उसकी दुकान अर्थात् 'मुस्कान हेयर कटिंग' के सामने से गुजर रहा है। बबलू उन पर लाइन मारने का कोई भी मौका हाथ से जाने नहीं देना चाहता। क्योंकि उसे किसी बाला के प्यार को पाने की अत्यधिक चाहत है। इसलिए जब भी कोई बालिका समूह दिखता है, बबलू किसी एक बालिका पर नज़र गड़ा कर जोश में जावेद से कहता है, "देख....यार...जल्दी देख, क्या टॉप का सौदा आ रहा है। कसम से एकदम परी है परी। काश, इसका प्यार एक रात के लिए मिल जाए। महीनों की प्यास बुझ जाएगी। एक ही रात के बाद बस 'बबलू, बबलू' पुकारती फिरेगी।"

जावेद दुकान के अंदर बैठा बबलू से कई बार आग्रह कर चुका है, "यार, सौदा फिर देख लेना, पहले कटिंग कर दे। मुझे भी कॉलेज जाना है। देर हो रही है।"

लेकिन नौ से दस बजे के बीच बबलू सेविंग या कटिंग का काम नहीं करता। इस बीच किसी भी ग्राहक की शेव या कटिंग आदि की ज़िम्मेदारी रहती है, उसके सीखतड़ चेले, फरीद की। दुर्भाग्यवश आज फरीद छुट्टी पर है। इसलिए ग्राहकों की सेविंग या कटिंग बबलू को ही करनी पड़ेगी।

जावेद का उतावलापन देखकर बबलू दो बार बड़बड़ाया भी, "इस साले फरीद को भी आज ही छुट्टी पर मरना था। आने दो साले को, पत्ता साफ़ कर दूँगा। पीर के दिन ही सबसे ज़्यादा सौदे कॉलेज जाते हैं। मुझे अंदर कटिंग करनी पड़ेगी तो उन्हें कैसे देखूँगा? साला, बताकर छुट्टी करता तो कुछ और इंतजाम करता।"

अंतर्संबंध और अन्य कहानियाँ

बबलू और जावेद अच्छी जान-पहचान वाले, एक ही मोहल्ले के निवासी और लगभग दोस्त हैं। मोहल्ले से लगभग आधा किलोमीटर दूर 'एस.डी.एस. एन. कॉलेज' मार्ग पर बबलू की हेयर कटिंग की दुकान है। जावेद उसी कॉलेज में बी.कॉम. प्रथम वर्ष का छात्र है।

बबलू की आदत है– 'कॉलेज ओपनिंग के समय लड़कियों को घूरना, उन पर लाइन मारना, उन्हें देखकर आहें भरना और उन्हें टॉप का सौदा कहना, आदि-आदि।' वह अक्सर दुकान के मुहाने पर खड़ा होकर अपनी इस आदत का नियमबद्धता से पालन करता है।

जावेद उससे कई बार कह चुका है, "तुम इस तरह बदनीयत और बुरी नज़र से लड़कियों को मत देखा करो। उन्हें टॉप का सौदा, गज़ब का माल और 'साली' कहना छोड़ दो। किसी ने शिकायत कर दी तो बुरे फँस जाओगे। ये गंदी आदत छोड़ दो।"

इस जुमले पर हमेशा बबलू का जवाब होता है, "मैं तो अपनी शादी का इंतज़ाम कर रहा हूँ। शादी के लिए लड़की देखना कौन-सी बुरी बात है। अगर तुम इसे गंदी आदत कहते भी हो, तो गंदी आदत आसानी से थोड़े ही छूटती है। हुज़ूर-ए-पाक ने कहा है, अगर कोई कहे, पहाड़ अपनी जगह से उड़कर दूर चला गया तो यक़ीन कर लो, कोई कहे सूरज पूरब की बजाए पश्चिम से निकलते देखा है, तो यक़ीन कर लो। लेकिन अगर कोई कहे कि फलां सख्श ने अपनी कोई गंदी आदत छोड़ दी है, तो यक़ीन मत करो। इसलिए गंदी आदत कैसे छूट सकती है?"

महीनों से दोनों के बीच यही तर्क-वितर्क का सिलसिला चला आ रहा है। जावेद, बबलू को समझाने का प्रयास करता तो वह हमेशा ही उल्टे जवाब देता है।

एक बार दोपहर के समय जब बबलू किसी ग्राहक की कटिंग करने में व्यस्त था। उस समय जावेद दुकान के मुहाने बाहर खड़ा अखबार के पन्ने इधर-उधर अलट-पलट रहा था। तभी जावेद ने एक सुंदर लड़की को दूर से आते देखा। लड़की की खूबसूरती ने उसे काफी मोहित किया। वह तेज़ स्वर में बोला,

"बबलू, जल्दी आ। अरे यार, जल्दी आ। तूने बहुत सौदे देखे हैं। आज तक ऐसा सौदा नहीं देखा होगा– वाह, क्या फिगर? क्या नागिन सी चाल? क्या कातिल अदा? एकदम कयामत है कयामत। ये मुझे एक रात के लिए मिल जाए तो जिंदगी भर इसका गुलाम रहूँगा।"

बबलू जल्दी से कटिंग छोड़कर बाहर आया। लड़की को गौर से देखा। गंभीर मुद्रा में बोला, "यार, ये तो मेरी बहन है। इसके बारे में ऐसी बात मत कर।"

जावेद के मुँह से एक गंदी गाली निकलने वाली थी, जिसे उसने किसी तरह रोक लिया। गुस्सा होकर बोला, "तो साले, जिन्हें तू बद-नज़र और बुरी नियत से घूर–घूर कर टॉप का सौदा कहता है। कभी माल कहता है। वे किसी की बहन या बेटी नहीं होती क्या? क्या वे वेश्याएँ होती हैं?"

जावेद का तमाचे जैसा व्यंग्य सुनकर बबलू वापस दुकान में घुसकर चुपचाप ग्राहक के बाल काटने में व्यस्त हो गया। उसे किसी तरह का कोई गुस्सा भी नहीं आया। इस घटना के बाद बबलू न कभी दुकान के मुहाने पर खड़ा हुआ और न उसे कोई 'टॉप का सौदा' दिखायी दिया।

11

बंधन

कमरे की दीवार पर सावधानीपूर्वक लटकाए गए कीमती घंटे ने टन-टन की आवाज़ करके तीन बजने का संकेत दिया। परंतु नौशाद साहब अभी तक कॉलेज से घर नहीं लौटे। छुट्टी एक बजे हो जाती है, लेकिन अब तो दो घंटे से अधिक समय बीत चुका है। फिर घर और कॉलेज के बीच फासला ही कितना है- सिर्फ एक-डेढ़ किलोमीटर। वैसे भी नौशाद साहब बाइक से आवागमन करते थे। घर से कॉलेज जाने-आने में समय ही कितना लगता होगा, बमुश्किल, दस-पन्द्रह मिनट।

जैनब ने कई बार फ़ोन करके पूछना चाहा, "घर कब तक लौटेंगे? खाना ठंडा हुआ जा रहा है।" लेकिन दूसरी ओर से फ़ोन के स्विच ऑफ होने का संकेत मिलता रहा। इसलिए वह अनेक प्रकार की शंकाएँ और संदेह मन में लेकर चिंतित हो उठी। बेचैन होकर उसने खिड़की से रास्ते में दो-तीन बार देखा भी। लेकिन अगस्त की भीषण गर्मी में उसे ताप के गुलगुलों के सिवा कुछ नहीं दिखाई दिया।

अत्यधिक थका देने वाली प्रतीक्षा करके जैनब, कुर्सी पर बैठे-बैठे सो गयी। कुर्सी पर बैठकर उसने मखमली सोफ़े पर पैर रखे तो नींद की ऐसी झपकी लगी कि उसे पता ही न चला, वह कब सो गयी? 'ये नींद भी न जाने कैसी बला

है, न आते पता चलता है और न जाते।'

कुर्सी पर सोने से पहले, जैनब के मन में कितने विचार कौंधे थे। कीमा-सा बन गया था दिमाग का। कई बार तो उसका मन किया था, 'सर को दीवार पर ज़ोर से मारकर फोड़ डाले। निकल जाएगा जो कूड़ा-करकंट भेजे में भरा होगा। ज़्यादा से ज़्यादा क्या होगा, मौत ही तो आएगी। इस क़सक भरी ज़िंदगी से तो पीछा छूटेगा।'

एक बार जैनब को उस सामान की भी याद आयी, जो कमरे में उसने बड़े करीने से स्वयं सजाया था। एक समय उसे ऐसी झुँझलाहट भी हुई कि उस समस्त सामान को तोड़-फोड़ डाले, भले ही वह उसके अब्बू का दिया हुआ क्यों न हो...?

कितनी उमंग, कितने अरमान थे, विवाह को लेकर उसके मन में। जब उसे मालूम हुआ था, 'नौशाद के साथ उसका रिश्ता तय हो गया है। वह दो रात सो नहीं पायी थी। उसे अपने सपनों का मन चाहा राजकुमार जो मिल गया था। खाना-पीना, पढ़ना-लिखना तक भूल गयी थी वह। रात-दिन 'मेरे ख्वाबों में जो आए...' गीत गुनगुनाती रहती थी। पढ़ने बैठती तो दूर सपने में खो जाती। पुस्तक के पृष्ठों के स्थान पर उसे नौशाद के फोटो नज़र आते। आँखें पत्थर की बनकर किताबों को निहारती रहती, लेकिन दिल दूर वादियों में गीत गाता फिरता।

जैनब की शादी हुए केवल छ: महीने ही गुज़रे थे कि उसे ससुराल में घुटन-सी अनुभव होने लगी। घर की खिड़की-दरवाज़े ऐसे दिखाई देते जैसे उसकी ओर मुँह बाए ताक रहे हों। वह जैसे ही किसी कमरे के अंदर घुसेगी उसे चबाकर खा जाएँगे। उसके सब अरमान मिट्टी में मिल गए थे। उसने भूलवश भी नहीं सोचा था, 'जिस विवाह के लिए वह इतनी गदगद थी, वही उसके लिए जहर की पुड़िया सिद्ध होगा।'

सुख उसके लिए दिवास्वप्न जैसा हो गया था। इसलिए आज उसने दृढ़मन से सोच रखा था, 'नौशाद से स्पष्ट और खुलकर बात करूँगी। किन गलतियों के कारण उसके साथ नौकरानी जैसा व्यवहार किया जा रहा है। उसे वेश्या समझकर घर में लाया गया है क्या? खाना पकाऊँ और उनके साथ सो जाऊँ।

आज तक एक गृहणी का सच्चा सुख क्यों नहीं मिला? आज या तो तलाक होगा, या फिर राज का पता चलेगा, वे इतने गुमसुम और उदास क्यों रहते हैं? मुझमें कोई कमी है या मैं खूबसूरत नहीं हूँ, खुलकर बताना होगा। यदि किसी और के साथ चक्कर है, तो भी...।'

जवाब के लिए तड़पने वाले इस प्रकार के बहुत से प्रश्नों से जब जैनब का मस्तिष्क पूर्णत: थक गया, उसे नींद की झपकी आ गयी। आँखें खुली तो देखा, 'नौशाद साहब सामने खड़े हैं।' वह शीघ्रता से खड़ी हुई। अस्त-व्यस्त कपड़ों को ठीक किया। बैड़ की चादर पर पड़े सलवटों को सपाट किया। बोली, "खाना लाऊँ?"

नौशाद ने बिन कुछ बोले ही, बैड़ पर बैठकर जूते उतारना शुरू किया। जूते उतारकर वे बैड़ के तकिये को कमर पर लगाकर आधा लेट गए। जैनब ने अपने शब्दों को एक बार फिर दोहराया, "खाना लाऊँ?"

नौशाद ने झल्लाकर बोला, "दिखाई नहीं देता, सवा तीन बज गए। अभी कॉलेज से आ रहा हूँ। सुबह से अब तक भूख नहीं लगी होगी क्या?"

नींद की झपकी आ जाने से जैनब का मन थोड़ा हल्का हुआ था। नींद आने से पहले वाले विचारों के तूफान, अब शांति का रूप धारण कर चुके थे। इसलिए जैनब ने नौशाद की किसी भी बात पर आक्षेप किए बिन खाना ला दिया। उसने एक बार फिर सोच लिया, 'ये तो रोज का ड्रामा है। अभी बात का बतंगड़ बनाने से कोई फ़ायदा नहीं।'

वह खाना लेने चली तो उसकी आँखों में उमड़ते आँसुओं का सैलाब स्पष्ट दिखाई देने लगा। फिर भी वह मौन धारण किए रही।

नौशाद ने खाना आरम्भ किया तो, जैनब प्रश्नों और कटाक्षों के तूफानों की घुटन हृदय में लिए एक कोने में इस आशा के साथ खड़ी हो गयी, 'शायद किसी और सामान की ज़रूरत पड़ जाए।'

जैनब ने कुछ बोलना चाहा, लेकिन घुड़क के डर से बोल न सकी। पहले वह भले ही कुढ़ रही थी। परन्तु अब उसकी प्रवृत्ति स्पष्टत: बदली हुई दिखाई दे रही थी। स्वभाव में नरमी लाते हुए वह बोली, "जी, किसी सामान की ज़रूरत

हो तो बोल दीजिएगा। आज आप बहुत लेट आए हैं। कॉलेज में ज़्यादा काम था क्या?”

“बोर्ड एक्जाम के फॉर्म भरे जा रहे हैं, काम बहुत बढ़ गया है। एक तो मैं पहले ही बहुत टेंशन में था, ऊपर से ये काम का बर्डन। लगता है मैं पागल हो जाऊँगा। चैन ढूँढने से भी नहीं मिल रहा। सोचता हूँ कब्र में चला जाऊँ, वहीं चैन मिलेगा।”

नौशाद का मूड ऑफ देखकर जैनब ने उसे और कुरेदना ठीक न समझा। उसके वक्तव्यों पर कोई भी प्रतिक्रिया किए बिन, जैनब चुपचाप सुनती रही। खाना खाकर नौशाद बैड़ पर एक ओर लेट गए। जैनब ने बैड़ से खाना उठाया और अपनी नियमित दिनचर्या में लग गयी।

अत्यधिक थक जाने के कारण नौशाद को तुरंत ही नींद ने आ घेरा। जैनब ने इस समय उसे जगाना ठीक न समझा।

रात हुई तो दोनों फिर एक साथ बिस्तर पर थे। लेकिन थोड़ी नोंक-झोंक के पश्चात रूठ कर दूरी पर बैठे प्रेमियों की भाँति अलग-अलग लेटे हुए थे। छत में लटका तंदरुस्त पंखा, जिसे कुछ दिन पहले ही बीमारी से निज़ात दिलाई गयी थी, तेजी से घूम रहा था। सोने से पहले जैनब ने एक बार फिर ठंडे मन से, नौशाद से बात करना उचित समझा। घर की बात घर में ही सुलझ जाए तो उससे बेहतर क्या? पति-पत्नी के खट्टे पड़े रिश्तों के विषय में बाहर वाले सुनेंगे, तो तीन के तेरह बनाएँगे। हम दोनों, स्वयं को जितनी अच्छी तरह समझ सकते हैं, दूसरा नहीं। आपसी विचार-विमर्श से ही उलझी बातों का हल निकल आए तो कितना अच्छा होगा। फिर दूसरों के सामने अपना दुखड़ा रोने से कोई खास लाभ भी नहीं होता। सब मज़बूरी का फायदा उठाते ही हैं या हँसी उड़ाते हैं।

यही सब सोचकर जैनब ने नौशाद का मूड फ्रेश करने के लिए उनके बालों को सहलाया। मीठी और प्यार भरी बातें करना प्रारम्भ किया। छिपकली के समान उससे सटकर चिपकी। लम्बी फैली टाँगों पर टाँग रखी। जैसे नौशाद को सहवास के लिए उकसा रही हो।

चेहरे पर आयी मुस्कान और प्रसन्नचित भाव देखकर जैनब ने नौशाद से

अंतर्संबंध और अन्य कहानियाँ

धीरे से कहा, "छ: महीने हो गए हमारी शादी हुए, आप मुझसे खिजे-खिजे क्यों रहते हो? देखिए, अगर मैं आपको अच्छी नहीं लगती या आप किसी और को पसंद करते हैं, तो मुझे स्पष्ट बता दीजिए। मैं आपके रास्ते से हट जाऊँगी। यदि वास्तव में आप मुझे अपनी पत्नी मानते हैं, तो अपने सुख-दुख में मुझे भी शरीक कर लीजिए। मैं छ: महीने से सिर्फ एक वेश्या की तरह आपके साथ सो रही हूँ। शायद आप मुझे पत्नी के लायक समझते ही नहीं। खैर मेरी छोड़िए, कम से कम घर वालों के साथ तो ठीक से बोल लिया कीजिए। मेरा क्या है, जैसे-तैसे निबाह लूँगी। माँ-बाप जिसके हाथ में हाथ पकड़ा देते हैं, लड़की उसी के साथ गुज़र-बसर कर लेती है। अम्मी भी मुझ पर ताने कस रही थी, तुम नौशाद को समझाती नहीं, उसे खुश नहीं रखती। अम्मी-अब्बू ने आपकी नौकरी लगवाने के लिए अपनी सारी जमा-पूँजी लगा दी। सुना है अम्मी ने तो अपने सारे गहने बेच दिए। ब्याज पर रुपये तक लिए आपके लिए। आपको जो भी दुख है, आप मुझसे कहिए। आखिर मैं आपकी बीवी हूँ। मेरा कुछ तो हक़ होगा आप पर।"

नौशाद ने जैनब के कुछ सीधे और कुछ चुभते प्रश्नों को सुना और एक लंबी आह! भरी। गर्दन को थोड़ा हिलाते और मुँह से चिटकारी निकालते हुए कहा, "जैनो! कुछ बातें ऐसी होती हैं जो स्वयं से भी नहीं कही जाती। उनका चेहरा इतना भयानक होता है कि आदमी उन्हें कहने का साहस भी नहीं कर पाता। कभी आवेश में आकर कहना भी चाहता है, तो कँपकँपी बँध जाती है। कुछ प्रश्न ऐसे होते हैं, जो इंसान को बिच्छुओं के बच्चों की भाँति अंदर ही अंदर खाते रहते हैं। अत्यधिक प्रयास करने पर भी उनसे पिंड नहीं छूटता। कुछ प्रश्न ऐसे होते हैं, जो उलझकर मोटी गाँठ बन जाते हैं, आदमी उन्हें जितना सुलझाता है, वे उतने ही उलझते जाते हैं। आदमी मर जाता है, प्रश्न उलझे ही रह जाते हैं। मैंने कितनी बार कोशिश की तुम्हें सब कुछ बता दूँ। लेकिन तड़प कर रह जाता हूँ। सोचता हूँ कहीं तुम्हारी नज़रों से ही न गिर जाऊँ।"

"ज़नाब, ये दार्शनिक बनना छोड़िए, दिल में जो भी गरद-गुबार भरा है, सब बाहर निकाल दीजिए। मन का बोझ हल्का हो जाएगा। चैन से सो सकोगे।" जैनब ने नौशाद के आहत मन को भाँपते हुए कहा।

जैनब सब्र से काम लेने वाली लड़की थी, उसका विचार था, 'कम से कम

एक रहस्योद्घाटन तो हो, जिससे जीवन की गाड़ी को किसी प्रकार पटरी पर लाया जा सके। इसलिए उसने नौशाद को थोड़ा-सा और कुरेदा तो उसने दो बार थूक को निगलकर अपना व्याख्यान फिर आरंभ कर दिया।'

"शायद मैं दुनिया का सबसे नीच और पापी इंसान हूँ, जिसने रिश्तों की मर्यादा को तार-तार कर दिया। रिश्ते जिन्हें बनाना तो आसान है, लेकिन उन्हें निभाना दिलवालों का ही काम है। बंधन की गरिमा वही समझ सकता है, जिसके हृदय में शालीनता बसी हो। मेरे कारण एक निर्दोष को अपने प्राणों की बलि देनी पड़ी। कभी-कभी सोचता हूँ, आत्महत्या कर लूँ। लेकिन फिर सोचता हूँ, तुम्हारा क्या होगा? उन माँ-बाप का क्या होगा, जिनका ले देकर मैं अकेला ही बदनसीब बेटा हूँ। मैं पहले ही एक गुनाह–ए-अज़ीम कर चुका हूँ। उसकी सज़ा तुम सबको देकर और गुनहगार क्यों बनूँ? तुमने मेरी बीती ज़िंदगी के बारे में कई बार पूछा। कई सवाल ऐसे दोहराए जिनसे मैं हमेशा मुँह चुराता रहा। आज, मैं तुम्हें अपनी खामोशी का कारण बताऊँगा। ये राज खोलता हूँ कि मैं बात-बात पर चिढ़कर क्यों बोलता हूँ? चाहे आज सारी रात क्यों न बीत जाए? दिल के सारे राज़ खोलकर आईना बना दूँगा। वैसे भी कल संडे है। फिर तुम ही फैसला करना, मैं क्या करूँ? कहाँ जाऊँ?"

इतनी बातें बोलकर नौशाद ने अपने पर्स से एक पत्र निकालकर जैनब को दिया, "इसे पढ़ो।"

पत्र को देखकर लग रहा था, काफी पुराना है। एकदम वृद्धावस्था में पहुँचा हुआ। लिपटी हुई तहें लगभग टूटने ही वाली थी। शब्द भी आर-पार दिखाई देने लगे थे।

जैनब ने पत्र हाथ में लिया और सावधानीपूर्वक खोलकर मन ही मन पढ़ना आरम्भ किया।

नौशाद ने कहा, "ज़ोर से पढ़ो, शायद इसे फिर से सुनकर मेरे हृदय की ग्रंथियों की गाँठ खुल जाए और मुझे अपने पापों के प्रायश्चित का कोई हल सूझ जाए।"

जैनब ने पत्र को ज़ोर से पढ़ना आरंभ किया। जो इस प्रकार था, "नौशाद

जी! आपको मेरा अंतिम प्रणाम। मेरा दुर्भाग्य है कि ये पत्र मिलने के बाद आप मुझे जीवित नहीं देख पाएँगे। अब मेरे लिए जीवित रहने का अभिप्राय बचा भी नहीं। मैं जीवित रहते हुए आपको किसी और का होते हुए नहीं देख सकती, इसलिए मृत्यु को गले लगा रही हूँ। यदि आप मुझसे तनिक भी सहानुभूति रखते हैं, तो मेरे इस कुकृत्य के लिए मुझे क्षमा कर देना। आप मुस्लिम हैं, इसलिए पुनर्जन्म में विश्वास नहीं रखते। मैं हिन्दू हूँ, अत: मेरा विश्वास है, मेरा पुनर्जन्म होगा। मैं भगवान से गिड़गिड़ा कर प्रार्थना करूँगी, हे भगवान! यदि मैंने जीवन में आपको प्रभावित या द्रवित करने वाला कोई एक पुण्यकर्म किया हो और उसके बदले आप मुझे कुछ देना चाहें, तो मेरा दूसरा जन्म नौशाद की जाति में करना; जिससे ये धर्म, समाज, जात-पात हमारे बंधन को न रोक सके। मैं आपके लिए कब और कैसे लालायित हो गयी, मैं स्वयं भी नहीं जानती। मैं तुम्हें पा नहीं सकती तो, खोने का दुख भी सहन नहीं कर सकती। इसलिए आत्महत्या जैसा महापाप कर रही हूँ। हो सके तो मुझे क्षमा कर देना। तुम्हारी और सिर्फ तुम्हारी...।”

जैसे ही पत्र पूरा हुआ नौशाद ने आह भरते हुए कहा, “जैनो! मैं आज तक निर्णय नहीं कर पाया हूँ, इस लड़की की मौत का जिम्मेदार मैं हूँ? तुम हो? ये धर्म या समाज है अथवा परिस्थितियाँ? क्या हालात और परिस्थितियाँ इतनी बदतर हो गयी थी कि इस मासूम को मृत्यु का वरण करना पड़ा? अगर ये लड़की मरने से पहले मुझे स्पष्ट बता देती तो क्या समाज हमारे बंधन को स्वीकार कर पाता? कुछ ऐसे ही प्रश्न हैं, जिन्हें सुलझाने की बहुत दिनों से कोशिश कर रहा हूँ। आज मैं तुम्हें इस लड़की की पूरी कहानी सुनाऊँगा, शायद मेरे प्रायश्चित का कोई हल निकल आए। कोई परिणाम नहीं भी निकला तो कम से कम मन का बोझ तो हल्का हो जाएगा। कहानी रोचक होने के साथ ही सच्ची और कटु भी है, ध्यान से सुनना।”

फिर नौशाद ने अपने जीवन के एक महत्वपूर्ण घटनाक्रम को इस प्रकार ब्यान करना आरम्भ किया-

“ये लड़की, गाँव के उमेश ठाकुर की एकमात्र पुत्री और दो छोटे भाइयों की बड़ी बहन थी। बड़ी चंचल, हँसमुख, अत्यधिक सुंदर और थोड़ी शरारती। सम्पूर्ण

गाँव में उसका सानी नहीं था। गाँव का शायद ही कोई युवा लड़का हो जो उस पर लट्टू न हुआ हो। वह बहुत तेज-तर्रार भी थी- रोमांस कला में निपुण। लड़कों का पागल बनाने में माहिर। उसका मुस्कराकर बात करना अक्सर दूसरों के मन में गलत धारणा उत्पन्न कर देता था। वह अक्सर लड़कों को देखकर बात करने से नहीं चूकती थी, जिसका हर कोई गलत अर्थ निकाल लेता था। इसी कारण उसके इस प्रकार के व्यवहार की वजह से लड़कों में अक्सर झगड़े होते रहते थे।

मेरे अब्बू और उमेश ठाकुर ने साथ पढ़कर दसवीं उत्तीर्ण की थी, इसलिए उनमें वर्षों से मिलता थी। ईद- दीपावली जैसे त्योहारों आदि पर एक-दूसरे के घर सिंवई-मिठाई आदि पहुँचाने का भी प्रचलन था। दोनों, मिलते-जुलते ही दुआ-सलाम करने के साथ ही कुशल-क्षेम भी पूछ लेते थे।

जिस वर्ष मैं कॉलेज में क्लर्क पद पर आसीन हुआ उसी वर्ष उस लड़की ने ग्यारहवीं कक्षा पास करके पढ़ाई छोड़ दी। कारण था- उसकी सुंदरता, जिसके कारण कॉलेज के लड़कों में अक्सर झगड़ा हुआ करता था। कॉलेज के लड़कों में उसे अपने जाल में फँसाने की होड़ मची हुई थी। वही उसके कॉलेज छोड़ने का मुख्य कारण बना।

जैनों, मैं तुम्हें इसका नाम तो बताना ही भूल गया। नाम था...शीलू...शीलू ठाकुर।

सुन्दर वस्तु और सुन्दर लड़की सभी के लिए सुन्दर होती है। अत: शीलू मुझे भी सुन्दर लगती थी। लेकिन मेरे अब्बू और शीलू के पापा की मिलता होने के कारण, मैं कोई गलत कदम नहीं उठा सकता था। कुछ परिस्थितियाँ ऐसी उभर कर आयीं कि मुझे शीलू से राखी बँधवानी पड़ी। हमारा भाई-बहन का रिश्ता इतना प्रगाढ़ हुआ कि गाँव के छोटे-बड़े हमारे पवित्र रिश्ते की मिशाल देने लगे। हम दोनों एक-दूसरे के घर को अपना घर समझने लगे थे।

एक दिन जब मैं कॉलेज में था तो शीलू का फोन आया कि उसकी नानी का देहांत हो गया है। मुझे साथ चलना है। लेकिन कार्य की अत्यधिक व्यस्तता के कारण मैंने जाने में असमर्थता जतायी। उसी क्षण के बाद में मुझे इसका पछतावा हुआ तो मैं कॉलेज की छुट्टी के तुरन्त बाद शीलू के घर पहुँचा। लेकिन

घर में शीलू के अतिरिक्त और कोई नहीं था। सभी सदस्य शीलू की नानी के यहाँ चले गए थे। मैं शीलू को सांत्वना देने के लिए कुछ देर वहाँ रुका तो उसने मेरे लिए चाय बना दी। जैसे ही हम दोनों बैठे चाय पी रहे थे, एक अजीब सी शैतानियत हम दोनों पर छायी और हम दोनों में शारीरिक संबंध बन गया। पता नहीं ऐसा क्या हुआ कि हम दोनों में से किसी ने भी एक-दूसरे का विरोध नहीं किया।

जैनो, उसके पश्चात से मेरा, शीलू के घर आना-जाना लगभग बंद हो गया। लेकिन जब कभी संयोग से हमारा सामना हो भी जाता, मैं शर्म से गर्क होने लगता। किसी भी दशा में उसके सामने आने की हिम्मत नहीं होती थी। उसे देखते ही आँखें खुद-ब-खुद झुक जाती थी। लेकिन उसके हाव-भावों की प्रतिक्रिया मुझे विपरीत सी लगती। लक्षण ठीक नहीं दिखाई देते थे। वह मुझे देखती, तो कुछ लालायित सी दृष्टि से और कभी समीप से गुजरती तो थोड़ा मुस्करा कर निकल जाती। मैं कुछ-कुछ समझता और कुछ नहीं भी। उससे कभी स्पष्ट बात करने की हिम्मत न हो सकी। अन्यथा कोई उलझी गुत्थी सुलझ भी सकती थी।"

जैनो, तुम तो जानती हो तुम्हारी-मेरी मँगनी एक वर्ष पहले ही तय हो चुकी थी। अन्तत: विवाह का दिन भी क़रीब आ गया। मेरे विवाह का कार्ड देखकर वह बहुत रोई थी।

मंढे के दिन शीलू के परिवार के सभी सदस्य घर आए, लेकिन वह नहीं आयी। मैंने शीलू के न आने का कारण पूछा तो किसी ने संतोषजनक उत्तर नहीं दिया। अपनी चचेरी बहन से शीलू को बुलाकर लाने का आग्रह किया। लेकिन वह भी सफल न हुई। उसकी बातों से मुझे ऐसा लगा जैसे कोई चिंगारी है, जो राख के नीचे दबकर बुझती जा रही है। धुआँ बनकर बाहर निकलती है तो और राख उसके ऊपर चढ़ा दी जाती है। बहुत प्रयास करने पर भी जब वह नहीं आयी तो अम्मी-अब्बू स्वयं उसके घर गए। उन्होंने पूछा, "शीलू बेटे! इतना बुलाने पर भी घर न आने का क्या कारण है? क्या नौशाद से कोई झगड़ा-वगड़ा हुआ है? या फिर कोई और बात है?"

"मम्मी! मेरे पेट में बहुत दर्द है। हालत कुछ ठीक नहीं लग रही। थोड़ा चक्कर भी आ रहा है। कई बार दवाई भी ले चुकी हूँ। सवेरे ज़रूर आ जाऊँगी।

आपको थोड़ा भी इंतज़ार नहीं करना पड़ेगा।" उसने उत्तर दिया।

विवाह की व्यस्तता में हम सब भूल गए कौन आ रहा है, कौन जा रहा है? किसने खाना खाया किसने नहीं? देर रात तक समस्त कार्य निपटाकर सो गए। एक व्यस्तता भरी रात बीतने के बाद नई सुबह हो चुकी थी। सभी लोग जाग चुके थे। घर में चारों ओर ख़ुशी के साथ ही भागमभाग का माहौल था। कान पड़ी कुछ सुनाई नहीं दे रहा था। जिसे देखो शृंगार करने में लगा था। तुम्हारे यहाँ (जैनब के घर, नौशाद की ससुराल) भी पहुँचना था। चार से पाँच घंटे का सफर था, इसलिए सभी अत्यधिक शीघ्रता से नहा-धोकर तैयार हो रहे थे। सभी तैयारियाँ अपनी पराकाष्ठा पर थी, सिर्फ मेरा ही सेहरा बँधना बाकी था। बारात में जाने वाले व्यक्ति बस, कार आदि की सीटों पर बैठे केवल मेरा ही इंतज़ार कर रहे थे। बारात चलने ही वाली थी कि घर पर एक मनहूस खबर आयी, "शीलू ने फाँसी लगाकर आत्महत्या कर ली। कारण क्या है, उसके घर वाले भी नहीं जानते।"

यह सुनते ही मैं सकते में आ गया। एक सदमा मेरे दिल को बेध गया। तुरन्त मुँह से निकला, "हाय, ये क्या हो गया?" ऐसा लगा जैसे शरीर में बहने वाला खून जम गया हो। सुख और दुःख का ऐसा संगम बना कि क्या कहूँ? ऐसा लगा जैसे गंगा में कोई खून की नदी आ मिली हो। दोनों परिवार ऐसे मोड़ पर थे कि कोई भी कार्य रोका नहीं जा सकता था। आत्महत्या का मामला था इसलिए दाह-संस्कार शीघ्र होना था वरना क़ानूनी दाँव-पेंच में उलझने का डर था।

दूसरे आमंत्रिक के यहाँ पहुँचना था और दस यहीं बज चुके थे। अत: बारात का चलना भी ज़रूरी था। आश्चर्यजनक असमंजस की स्थिति पैदा हो गई थी। दोनों परिवारों के लिए रस्मों, रूढ़ियों और परम्पराओं को निभाना भी आवश्यक था। उनमें से कोई एक पूरी न होती तो समाज अपनी तौहीन समझता।

हिन्दू-मुस्लिम दोनों सम्प्रदाय अपनी-अपनी रस्में अदा करते चल रहे थे। सड़क के एक ओर मेरी बारात चल रही थी, तो दूसरी ओर शीलू की अर्थी। एक ओर 'नारा-ए-तकबीर, अल्लाहू-अकबर' का नारा गूँज रहा था तो दूसरी ओर 'राम-नाम सत्य है' की धीमी-धीमी आवाज़ आ रही थी। एक तरफ ख़ुशी की लहर थी तो दूसरी तरफ भयांकर दुःख का साया। मेरी आँखें उस दृश्य को आज

अंतर्संबंध और अन्य कहानियाँ

तक भुलाने में सक्षम नहीं हो पायी हैं। नहीं भूल पाया हूँ मैं, उस मनहूस दिन को।

तभी नौशाद ने सिहरकर एक लम्बी आह! भरी। पीड़ा से विचलित होकर सिर को पीछे की ओर ज़ोर से पटका। उसकी आँखों की पलकों पर आकर रुके हुए आँसू स्पष्ट झलकने लगे।

तभी जैनब ने नौशाद का हाथ पकड़कर थोड़ा ढाँढ़स बँधाया। आँसुओं के रुँध जाने के कारण नौशाद को ज़ोर से हिचकी आयी और फिर से उसने कहना आरम्भ किया।

"जैनो! जो पत्र तुमने पढ़ा है, वह मुझे शीलू की सहेली के माध्यम से बाद में मिला था। उसका आत्महत्या करना आज भी मेरे लिए एक यक्ष प्रश्न बना हुआ है। कभी-कभी सोचता हूँ, उस सहवास के कारण मामला कुछ गड़बड़ तो नहीं हो गया था। जिसके कारण उसे यह घिनौना कदम उठाना पड़ा हो। मैं नहीं निर्णय कर पाया हूँ, उसकी मौत का ज़िम्मेदार– ये रूढ़ियाँ हैं, धर्म या समाज है अथवा परिस्थितियाँ। क्योंकि ये सब न होती तो मैं उसरो विवाह कर सकता। ज़माने के साथ बग़ावत भी करनी पड़ती तो करता। उस बंधन को पूरी निष्ठा के साथ निभाता जो संयोगवश बन गया था।"

12

मोचन

कुंठा का रूप धारण कर चुके, दुखों के विशाल समूह को हृदय में छिपाए 'लीलावती' नाम की मोचन ग्राहक के जूते पर पॉलिश करने में व्यस्त थी। उसकी तल्लीनता, कार्य के प्रति उसकी रुचि को दिखा रही थी। जूते पर रगड़ने वाले ब्रश से भी किसी आलस या अन्य मनस होने का आभास नहीं होता था। रगड़ के साथ ही जूता शीशे के समान चमकता जा रहा था।

लेकिन वास्तविकता कुछ और थी। कार्य को उसने कभी पूजा नहीं समझा, बल्कि ढोया था। कुछ मजबूरियों और पेट के भरण-पोषण के लिए ही, उसे मोचन बनना पड़ा।

जब कभी कोई ग्राहक उसके ठिये पर पॉलिश या जूते-चप्पलों की मरम्मत कराने रुकता, तो वह पूरी तल्लीनता से अपना काम करती। ग्राहक को कभी महसूस नहीं होने देती कि कार्य में उसकी निष्ठा नहीं है।

उसका ठिया, जिसे वह अपनी दुकान कहती थी, मस्ज़िद की वर्षों से बंद पड़ी अकेली दुकान की सपील पर था। सपील के नीचे से शहर के गंदे पानी की नाली बहती थी। नाली को लाल पत्थर से ढक कर ऊपर से कंक्रीट किया हुआ था। इसी जगह को वह सपील कहती थी।

जब भी कोई ग्राहक उसके ठिये पर रुका, शायद ही कभी असंतुष्ट हुआ हो । लेकिन उसे बूढ़ी और कमज़ोर दृष्टि वाली समझकर लोग वहाँ कम ही ठहरते थे । उन्हें सदैव शंका रहती, 'फाँट छोड़ देगी । उसकी पॉलिश एक दिन से ज़्यादा नहीं चलेगी । जूता-चप्पल ख़राब कर देगी, आदि-आदि ।' लेकिन वह जितना भी कार्य करती मेहनत और लगन से करती । भले ही दो-चार मिनट का अधिक समय लग जाए । जिसे मिस्त्रियों की भाषा में 'तसल्ली बख़्स काम' कहते हैं, वह उसके यहाँ होता था ।

इस समय भी वह अपने कार्य को पूर्ण निष्ठा और लगन के साथ अंतिम रूप प्रदान करने में व्यस्त थी । इस व्यस्तता ने उसे स्वयं के कष्टों और संसार की भागमभाग से कुछ समय के लिए अनभिज्ञ-सा तो कर दिया था, परन्तु पूर्णत: छुटकारा नहीं दिलाया था । उसके हृदय में तड़प थी, कसक थी, लेकिन किसी ज्वालामुखी के समान शांत थी । उसके सीने में वेदनाओं का सैलाब दफ़्न था । जो कभी-कभी अनुकूल वातावरण मिलने पर उसे उद्वेलित भी करता था ।

आज के व्यस्ततापूर्ण और आपाधापी वाले वातावरण में किसी के पास इतना समय कहाँ था कि उस ग़रीब-बूढ़ी मोचन पर एक सरसरी दृष्टि ही डाल सके । केवल वही व्यक्ति मस्जिद की वीरान दुकान की सपील या चबूतरे पर ठहरता जो जूते-चप्पलों पर पॉलिश या उनकी मरम्मत कराने के उद्देश्य से घर से निकला हो । फिर किसी को पड़ी भी क्या थी, जो उस मोचन की कुशल क्षेम पूछता । वह किसी की सगी संबंधी थोड़े ही थी, जो उससे सहानुभूति दिखाता ।

उस छोटे से शहर में, जिसमें वह पिछले पाँच वर्षों से लोगों की सेवा कर रही थी, किसी के पास भी इतना समय नहीं था, जो उसकी करुण कहानी सुनकर उसे तनिक सी सांत्वना दे सके । कह सके, 'नहीं, नहीं सब ठीक हो जाएगा । भगवान ग़रीब की भी सुनता है । थोड़ा और धैर्य रखो, तुम्हें मुआवजे की रकम अब अवश्य मिल जाएगी । नई सरकार सत्ता में आ गयी है । जिसने घोषणा की है, गरीबों को उनका हक़ मिलेगा । सबकी सुनवाई होगी । सरकार प्रयासरत है और वचनबद्ध भी ।'

लीलावती ने लुभाव और गाल बजाऊ भाषण बहुत सुने थे, जो आकर्षक तो थे पर अंदर से बिलकुल खोख़ले थे । वह भाली-भाँति समझ गयी थी कि किस

प्रकार नेतारामों ने भोली-भाली जनता को 'सब्जबाग के हसीन सपने' दिखाकर बड़े-बड़े ओहदों की कुर्सियाँ कब्ज़ा ली थी।

कुंठित होकर लीलावती ने लोगों (जिस किसी को भी वह अधिकारी या बड़े ओहदों वाला समझती थी) के सामने चिचयाना छोड़ दिया था। पहले जब वह लोगों के सामने अपना दुखड़ा रोया करती तो उसे सतही ढाँढ़स और दिखावटी दिलासा के कुछ न मिलता था।

अब तो उस हताश-निराश के आँसू तक सूख गए थे। उसका दुःख इस पराकाष्ठा पर पहुँच गया था कि उसने मौनव्रत सा धारण कर लिया था। मुख से केवल इतने ही शब्द बाहर आते, जितनों से काम न चलता। उसकी मलिन वेशभूषा, समय से पहले पके बालों, चेहरे पर पड़ी झुर्रियों, स्वर की गम्भीरता, फीकी पड़ चुकी आँखों की चमक और थके शरीर को देखकर निश्चित रूप से अनुमान लगाया जा सकता था कि वह कष्टों का भार-सा उठाए हुए है।

* * *

अपने कार्य की व्यस्तता में तल्लीन, लीलावती ने पहले ग्राहक के जूते की मरम्मत व पॉलिश का कार्य अभी समाप्त भी नहीं किया था कि एक दस वर्ष के बच्चे ने जूता आगे बढ़ाकर पूछा, "अम्मा! इस पर टुक्की लगाने का क्या लोगी? ये जूता थोड़ा फट गया है।"

लीलावती ने गर्दन उठाकर उस बच्चे की ओर देखा। फिर जूते के फटे स्थान को तर्जनी अंगुली से उकेरकर ध्यान से देखा, घुमा-फिराकर निरिक्षण करते हुए बोली, "दस रुपये लगेंगे।" बच्चा लीलावती के उत्तर से संतुष्ट दिखाई दिया और वहीं सावधान की स्थिति में खड़ा हो गया। लीलावती ने पहले ग्राहक के जूते की मरम्मत-पॉलिश आदि का कार्य समाप्त कर जूता आगे बढ़ाया, "बाबूजी! गठाई और पॉलिश के मिलाकर पच्चीस रुपये हो गए।"

ग्राहक ने मोचन के कार्य पर अच्छी-बुरी कोई भी प्रतिक्रिया किए बिना अपनी जेब में हाथ डाला, "अम्मा! इस समय खुल्ले बीस हैं, पाँच फिर कभी लगा लेना।"

अंतर्संबंध और अन्य कहानियाँ

लीलावती ने दीनतावश ग्राहक की ओर देखते हुए दबी-सी आवाज़ में कहा, "ठीक है।"

बीस का नोट लेकर अपने बैठने के टाट के नीचे रखकर दूसरे ग्राहक (बच्चे) का जूता मरम्मत करने को उठा लिया। फिर उसी तल्लीनता से अपने कार्य में जुट गयी।

* * *

लगभग पाँच वर्ष पहले लीलावती ने उस स्थान पर बैठकर मोचीपने का कार्य आरम्भ किया था। उसका वह स्थान 'अम्बेड़कर चौक' से बीस कदम दूर था। जहाँ से अम्बेड़कर की मूर्ति एक हाथ से सीने पर पुस्तक दबाए, दूसरे हाथ की तर्जनी अंगुली उसकी ओर ताने हुए थी। उस मूर्ति को देखकर लीलावती को कभी-कभी ऐसा भी लगता था जैसे बाबा अम्बेड़कर उसकी ओर हाथ का संकेत कर उसे दुनिया के सामने अपराधिनी सिद्ध कर रहे हों। लेकिन उसे बाबा से कोई शिकायत नहीं थी, क्योंकि उन्होंने दलितों के लिए जो कुछ किया, वह काफी था। दूसरी बात, 'बाबा साहब अब मूर्तिमान थे।' वह भली-भाँति समझ गई थी, "जब हाड़-माँस के चलते-फिरते मनुष्य उसकी कोई सहायता नहीं कर सके, तो मूर्तियों के आगे रोने से क्या लाभ?"

इस समय जब उसकी आयु पैंतालीस वर्ष के आस-पास थी, वह पैंसठ की दिखने लगी थी। जीवन में मिले कष्टों और दुखों ने उसे झकझोर कर इतना खोखला कर दिया था कि पीठ झुक गयी थी। आँखें धँस गयी थीं। गाल पिचक गए थे। बाल सन के समान सफ़ेद हो गए थे। हाथ-पैरों की त्वचा सिकुड़कर छुहारे जैसी हो गयी थी। दृष्टि इतनी कमजोर कि आँखों पर मोटे-मोटे लैंसों का चश्मा लगाना पड़ा। जिसने उसे पूर्णतः वृद्ध दर्शाने में शेष कमी को पूरा कर दिया था।

उसकी जीर्ण-शीर्ण अवस्था को देखकर गाँव के मुस्टंडे उसे दावत, तेरहवीं का प्रतिभोज और चलता-फिरता ज़नाज़ा भी पुकारने लगे थे। उसे देखते ही आं...क...छिं, आं...क...छिं के अशुभ संकेत से चिढ़ाते भी थे। न ज्ञात कैसे ये शब्द उसकी चिढ़ बन गए थे। बेचारी लीलावती, लाचारी का घूँट पीकर रह जाती। उस जैसी हकीर-कमजोर औरत ऐसे मुस्टंडों का कर भी क्या सकती थी?

वह मन ही मन उन्हें गालियाँ देकर अपने मन की भड़ास निकाल लिया करती।

* * *

लीलावती ने बच्चे के जूते की मरम्मत का कार्य अभी समाप्त भी नहीं किया था कि उसकी दृष्टि आकाश की ओर पलायन कर गयी। उस समय आकाश में काले-काले साँपों जैसे बादल घिर आए थे। काली घटाएँ दिन को रात में परिवर्तित करती हुई दौड़ी आ रही थी। बादलों को देखने मात्र से ही लग रहा था, 'यदि बरसने लगे तो उथल-पुथल निश्चित है। पता नहीं कितनी घनघोर वर्षा होगी।'

वातावरण के ऐसे संकेत से आस-पास के दुकानदारों में एक हलचल सी मच गयी। दुकानों से बारह रखे सामानों को अंदर घुसाने लगे। खुले में दुकान लगाने वाला, कोई अपना सामान समेटने लगा। कोई सामानों पर पन्ने फैलाने लगा। किसी ने रेहड़ी और ठेलियाँ सायों के नीचे लगानी आरम्भ कर दी...।

सहसा एक मोटी बूँद लीलावती के सिर पर फैले छाते पर गिरी। जिसका कुछ हिस्सा नीचे भी टपका। लीलावती के मुख से 'आह!' की आवाज़ निकली।

बादलों की भयंकरता के विपरीत रिमझिम वर्षा आरंभ हो गयी। छन-छन की आवाज़-सी करती घुँघरू से बजाने लगी। लीलावती ने वर्षा को देखा तो कुछ रोमांचित-सी हुई। उसे एक विचित्र-सी ख़ुशी का एहसास हुआ और हृदय में छिपी उमंगों पर से आवरण-सा हटने लगा। भावनाओं ने उद्वेलित किया तो स्मृति में चेतना का संचार-सा हुआ। अचानक उसे अतीत का कुछ याद आने लगा।

ठीक ऐसा ही मौसम था, जब उसका पहला मिलन रामलाल से हुआ था। यही मिलन नैनों का नैनों से गोपन व्यापार सिद्ध हुआ। कोई पच्चीस वर्ष पूर्व जब वह अपने पिता के लिए दोपहर का भोजन लेकर आ रही थी, ठीक वैसी ही घटाएँ घिर आयी थी जैसी मोचन लीलावती आकाश में देख रही थी। मौसम की भयंकरता के विपरीत नन्ही-नन्ही फुहारें कैसे रिमझिम वर्षा में परिवर्तित हो गयी थी? लीलावती की आँखों के सामने बीस-पच्चीस वर्ष पूर्व का नज़ारा फिर

अंतर्संबंध और अन्य कहानियाँ

से जीवंत हो उठा। मन रोमांचित हुआ तो याद आने लगे कुछ अच्छे बीते दिन। कुलांचे मारने लगी कुछ खट्टी-मीठी यादें। लीलावती को एहसास हुआ उस मिलन का जो हृदय को वर्षों बाद आज भी रोमानी बना रहा था।

तेजी से बढ़ती जनसंख्या के कारण लीलावती के गाँव और शहर के बीच की दूरी समाप्त होती जा रही थी। वह दूरी घटते-घटते अब लगभग पाँच सौ मीटर रह गयी थी। गाँव से शहर आने हेतु शिवालय के समीप से ई-रिक्शे मिल जाया करते थे। लेकिन अधिकांश लोग दस रुपये का लालच कर पैदल ही शहर चले आते थे। गाँव में यह धारणा आम थी, 'गाँव वाले का पैसा, डॉक्टर और वकील की जेब में बिन मोल-भाव के चला जाता है। कोई और उनकी जेब छू भी नहीं सकता।' इसलिए अपनी मजदूरी पूरी न होते देख अधिकांश रिक्शा चालकों ने गाँव-शहर के बीच रिक्शा चलाना छोड़ दिया। कुछ शहर में ई-रिक्शा चलाने लगे। एक-दो अभी भी गाँव-शहर के मध्य रिक्शा चलाते थे। प्रात:-साँय जो सवारी मिलती उसे आधे-पौने दामों पर ले आते। अन्यथा दिनभर स्टेशन से शहर में सवारियाँ ढोते।

लीलावती अपने पिता के लिए दोपहर का भोजन लेकर पैदल ही आ रही थी। उसके पिता भी सर पर लकड़ी का बक्सा लादकर पैदल ही आया करते थे। बक्सा मोचीगिरी के सामान से ठँसाठस भरा रहता था।

अभी आधा ही रास्ता तय हुआ था कि वर्षा आरम्भ हो गयी। वर्षा से बचने के लिए एकमात्र सहारा था, बरगद का वह पेड़ जो तय रास्ते के बीच में आता था। बरगद के विशाल टहनी और घनी पत्तियाँ वर्षा से बचाने में सक्षम दिखे तो लीलावती ने उसके नीचे शरण ली। वर्षा में भीगकर आनंद उठाने की अपेक्षा खाना बचाना अधिक महत्वपूर्ण था। खाना भीगने से पिता की घुड़की का डर जो था। लीलावती मन ही मन वर्षा का आनंद उठा रही थी। तभी भीगता-भागता एक युवक हाथ में टिफिन लिए उसी पेड़ के नीचे रुका। युवक को देखते ही लीलावती मन ही मन सकुचाई-सी एक ओट खड़ी हो गयी। हृदय जोर से धड़का और उसकी गति तेज हो गयी।

लीलावती अट्ठारहवाँ वर्ष पार कर चुकी थी। पर दुबली-पतली उसकी काया से आयु अधिक नहीं महसूस होती थी। युवावस्था के संकोच ने उसे शर्मीला

तथा समझदार बना दिया था। अत: एक सूने स्थान पर किसी अपरिचित का मिलन मन में भय उत्पन्न करने लगा। वर्षा के कारण रास्ते पर कोई दूर-दूर तक दिखाई नहीं दे रहा था। इसलिए युवक से बात करना तो दूर, नज़रें मिलाना भी कठिन लगा। अत: नज़ाकत से भौंहे सिकोड़कर एक ओट खड़ी हो गयी।

विपरीत लिंग वाले जब दो युवा प्राणी सूने स्थान पर मिलते हैं, तो दिल में कुछ-कुछ अवश्य होता है। धड़कने भी तेज होती हैं।

उन दोनों ने जब एक-दूसरे को देखा तो, कहना तो बहुत कुछ चाह रहे थे, परंतु एक संकोच था। कुछ क्षण पश्चात ही युवक ने चुप्पी तोड़ डाली। लीलावती के हाथ में टिफिन देखकर बोला, "शायद आप किसी के लिए खाना लेकर जा रही हैं?"

लीलावती ने "हाँ" के उत्तर में बिन कुछ बोले ही गर्दन हिला दी। फिर धीरे-धीरे बातों का सिलसिला चल निकला। बात हँसी-मजाक तक पहुँच गयी। संकोची प्रवृत्ति दूर हुई, तो लीलवती ने बता दिया, "शहर में उसके पिता मोची का काम करते हैं। प्रात: खाना तैयार न हो पाने के कारण उसे पहुँचाना पड़ रहा है। अन्यथा वे प्रात: स्वयं ही खाना साथ लिए आते हैं। कभी-कभी ही ऐसा अवसर आता है।"

युवक जिस प्रश्न को काफी समय से हृदय में दबाए था, उसने झिझकते हुए पूछ ही लिया, "तुम्हारे पिता किस स्थान पर बैठते हैं?"

"अम्बेड़कर चौक पर, जहाँ मोचियों की पूरी जमात बैठती है।"

युवक ने लीलावती का विवरण जाना तो आश्चर्य से बोल उठा, "क्या वास्तव में? मेरे पिता भी तो उसी स्थान पर बैठते हैं।"

इसे आश्चर्यजनक संयोग कहा जाए या कोई विचित्र घटना। ईश्वर को जब कोई पवित्र संबंध बनवाना होता है तो वैसा ही वातावरण उत्पन्न कर देता है।

उन दोनों के पिता एक ही स्थान पर बैठते थे, दोनों में मित्रता का भाव भी था। दोनों यह भी जानते थे, उनके छोरा-छोरी जवान हैं। उन्होंने एक-दूसरे के लड़का-लड़की को देखा भी था। अत: दोनों ने मित्रता को रिश्तेदारी में बदलने की योजना बना ली। किसी को तनिक भी एतराज नहीं था। फिर क्या था चट

मँगनी, पट ब्याह। लीलावती और युवक, जिसका नाम रामलाल था, परिणय सूत्र में बँध गए। अनुकूल समय व्यतीत होता गया और दो वर्ष बाद लीलावती को पुत्र रत्न की प्राप्ति हुई।

'दादा मर गया, पोता हो गया, फिर तीन के तीन' कहावत चरितार्थ होने पर लीलावती के परिवार के सदस्यों की संख्या न बढ़ सकी। लीलावती के पति रामलाल को वसीयत में मिला- दो भागों में बँटा हुआ, दो बीघा बंजर-परती ज़मीन का टुकड़ा जिसमें कंवार-बाजरे के सिवा कुछ भी पैदा नहीं होता था। एक साधारण मकान, जूते गाँठने का पैतृक सामान और कुछ बर्तन, पुराने कपड़े, दो झिंगोले खटिया, एक तख़्त आदि।

दो अन्य प्राणियों का भार सर पर पड़ते ही, कुशल गृहस्थ की भाँति रामलाल ने परिवार का भरण-पोषण करने के लिए कठिन परिश्रम करना आरम्भ कर दिया। अन्यथा वह निठल्ला बना दोस्तों के साथ घूमा करता था। बापू के काम में कभी-कभार ही हाथ बटाता था। एकलौती संतान समझकर उसके पिता इसलिए कुछ नहीं कहते थे कि जब सर पर पड़ेगी, अपने आप काम पर लग जाएगा। और हुआ भी वैसा ही।

लीलावती और रामलाल अपने प्यारे पुत्र के लालन-पालन में जुट गए जो उनकी आशाओं का एकमात्र सहारा था। सलाह-मशविरा करके नाम रखा नन्दू। जितनी भी आकांक्षाएँ उन्होंने अपने जीवन में पाली थी, उन्हें अपने पुत्र के माध्यम से पूर्ण करने के इच्छुक थे। अपने सपनों को साकार बनाने के लिए बेटे के पालन-पोषण में कोई कमी नहीं होने देना चाहते थे। दोनों ने दृढ़ संकल्प लिया, "बेटे को पढ़ा-लिखाकर अच्छा इंसान बनाएँगे। चाहे कर्ज से लद जाएँ परंतु उसकी पढ़ाई-लिखाई में कमी नहीं होने देंगे। उन संस्कारों से उसे विभूषित करेंगे जो उसे प्रसिद्ध बनाएँ। गाँव का धन्ना सेठ भी नन्दू को देखकर कहे, वह देखो रामलाल का लाल आ रहा है। गाँव का सबसे होनहार लड़का।"

लोग बेटे की तारीफ करेंगे तो सीना गर्व से चौड़ा हो जाएगा। निकम्मे लड़कों को उनके माँ-बाप नन्दू की मिसाल दें। अपना क्या है, हम दोनों की तो कट रही है और आगे भी कट जाएगी।

रामलाल और लीलावती ने अन्य संतान की न तो आवश्यकता अनुभव की और न उनके यहाँ अन्य कोई सन्तान उत्पन्न हुई। बच्चे का लालन-पालन ठीक से हुआ तो वह बेल के समान बढ़ने लगा। वे सब गुण उसमें दिखाई दिए जो होनहार बालकों में हुआ करते हैं।

नन्दू को शिक्षित करने के लिए रामलाल ने उसका एक मध्यम दर्जे के स्कूल में प्रवेश कराया। प्रात: अपने साथ ले आता और छुट्टी होने पर घर पहुँचा देता। बच्चे की पढ़ाई का व्यय उठाने हेतु अतिरिक्त आय की आवश्यकता थी। अत: रामलाल ने दुकानदारों से विशेष ऑर्डर प्राप्त जूते बनाने आरम्भ कर दिए। लीलावती को भी अपने काम में सहभागी बनाया। देर रात तक दोनों ने मिलकर जूते बनाए। एक-एक पैसे का हिसाब रखा। पाई-पाई जोड़ी। अपने अनुचित व्ययों को सीमित किया। बहुत सी इच्छाओं का गला घोंटकर पुत्र की प्रत्येक इच्छा पूरी की। कई वर्षों का समय अत्यधिक व्यस्तता में गुजारा। तभी जाकर नन्दू की शिक्षा इन्टर तक पूरी हो पाई। विज्ञान विषय की पढ़ाई के पश्चात भी नन्दू को कोई उचित लाभ न मिल पाया। क्योंकि आगे की पढ़ाई के लिए अधिक रुपयों की आवश्यकता थी और उतने रुपये घर में नहीं थे। घर की स्थिति को भाँपकर नन्दू ने नौकरी करने की योजना बनाते हुए बी.एस.एफ. के लिए अप्लाई कर दिया।'

नन्दू ने फ़ोर्स में ज्वॉइनिंग पाने के लिए अत्यधिक परिश्रम करना आरम्भ किया- भाग-दौड़, कसरत, दण्ड-बैठक, पुश-अप आदि जिस-जिस की भी आवश्यकता थी, खूब पेले। पर दुर्भाग्य की बात समस्त टेस्ट क्वालीफाई करने के पश्चात भी उसे मेडिकल में अनफिट घोषित कर दिया गया। उस हृष्ट-पुष्ट शरीरधारी के कान में दोष निकाला गया। और एक प्राइवेट हॉस्पिटल का पता देकर उसे एक माह इलाज कराने की सलाह दी गयी। लेकिन इसके बाद भी कोई गारंटी नहीं थी। अत: एक दलाल के माध्यम से किसी बड़े अधिकारी से पाँच लाख रुपये देखर ज्वॉइनिंग दिलाने की बात तय हो गयी।

रामलाल और लीलावती इतनी हैसियत वाले कहाँ थे कि किसी को पाँच लाख रुपये दे पाते। अत: घूस की समस्या ने उनके सामने सुरसा के समान मुँह बाया। सगे-संबंधी पल्ले झाड़ गए। जिसके सामने भी हाथ फैलाते वही कंगाल

बन जाता। अपने दुखड़ों और समस्याओं की कहानियाँ सुनाने लगता। दोस्त कन्नी काटने लगे। देखते ही इधर-उधर खिसकने लगते। मुसीबत में जब साया भी साथ छोड़ने लगा तो रामलाल को याद आयी अपनी दो बीघा ज़मीन की जो व्यर्थ तो थी, पर निरर्थक नहीं। ऐसी मुसीबत में जमा-पूँजी सिद्ध हो सकती थी। पड़ोसी ज़मींदार भी उसे हथियाने के लिए बहुत दिनों से लालायित था। इसलिए वक़्त-ज़रूरत पड़ने पर रामलाल को कर्ज़ देता रहता था। केवल उसी की ट्यूबवेल का पानी उस ज़मीन तक पहुँचता था।

रुपयों का इंतजाम करने के लिए पुश्तैनी ज़मीन को बेचने के अलावा कोई उपाय नहीं था। मन के न चाहते हुए भी रामलाल ने ज़मीन का अँगूठा लगा दिया। साढ़े-तीन लाख में बात तय हो गयी। आवश्यकता से अलग घर का सामान, बर्तन इत्यादि बेचकर और अपना घर गिरवी रखकर बाकी रुपयों का इंतजाम कर लिया गया।

सब कुछ चला जाने और कर्ज़ से लद जाने के बावजूद भी रामलाल और लीलावती को संतोष था। दोनों प्रसन्न थे। उमंग और प्रफुल्लता से कहते थे, "बेटा सरकारी नौकरी पर चला गया है। हम दोनों दिन-रात कठिन परिश्रम करके अतिरिक्त आय प्राप्त करेंगे। तीनों की कमाई से कुछ ही समय में समस्त धन ब्याज सहित चुकता हो जाएगा। पैसे का क्या है? हाथ का मैल ही तो है, जितना चाहे बढ़ा लो। लड़के की सरकारी नौकरी हो जाएगी तो गाँव-बिरादरी में अपना ही मान बढ़ेगा। गाँव के माननीय लोगों में अपनी गिनती होने लगेगी। रुपये-पैसे से वो सम्मान थोड़े ही बनता है, जो सरकारी नौकरी से बनता है। बड़े अफसर तक सबसे पहले अपने मातहत की ही सुनते हैं।"

नन्दू की ट्रेनिंग समाप्त होते ही उसे देश की सुरक्षा के लिए कश्मीर बॉर्डर पर जाना पड़ा। भारत-पाक के संबंध ठीक न होने के कारण कश्मीर बॉर्डर पर अक्सर तना-तनी रहती है। कई प्रकार के आतंकवादी हमले होते रहते हैं।

कुछ ऐसी परिस्थितियाँ उत्पन्न हुई कि भारत-पाक के बीच हालात इतने ख़राब हुए कि युद्ध जैसी स्थिति हो गयी। दूसरी ओर आतंकवादी घात लगा-लगाकर फौजी ठिकानों पर हमले कर रहे थे। रात के समय खतरा अधिक बढ़ जाता था। इसलिए हर क्षण चौकन्ना रहना पड़ता था।

एक रात जब नन्दू ड्यूटी पर था तो किसी खतरे का आभास पाकर जंगल की और चला गया। उस जंगल से वह फिर कभी लौटकर नहीं आया। किसी को नहीं पता उसका क्या हुआ, वह कहाँ गया?

इधर गाँव में कुछ दुष्ट प्रवृत्तियों के व्यक्तियों ने मिथ्यालाप फैला दिया, "नन्दू ने देश से गद्दारी की है। प्राण बचाने के लिए युद्ध से भाग गया। मातृभूमि की रक्षा के लिए ली गयी शपथ भूल गया। फौजी का कर्तव्य भी याद नहीं रखा। सुना है दो अन्य साथियों को भी भगा ले गया।"

रामलाल-लीलावती को पुत्र के जीवित या मृत होने की सूचना के स्थान पर ताने-उलाहने मिलने लगे। दोनों ने पुत्र के जीवित या मृत होने की सूचना पाने हेतु प्रत्येक उस स्थान का चक्कर लगाया, जहाँ से उन्हें तनिक सी भी आशा थी। लेकिन एक वर्ष तक लगातार भटकने के बाद भी उन्हें कोई सूचना नहीं मिली।

पुत्र की खोज में लगे-लगे सारा धंधा चौपट हो गया। बैठकर जूते गाँठने वाला ठिया तक छिन गया। सारी पूँजी पहले ही रिश्वत के रूप में जा चुकी थी। ऊपर से कर्ज से भी लदे हुए थे। हालात इतने बद से बदतर हुए कि रामलाल ने स्वयं पर से संयम खोकर आत्महत्या कर ली।

दुखी लीलावती पति और पुत्र की याद में इतना रोई कि उसके आँसू तक सूख गए। असहाय लीलावती को कुछ समझ नहीं आ रहा था कि क्या करे? थक-हार उसने पति के व्यवसाय को ही अपना लिया। एक सपील पर बैठकर लोगों के जूतों की मरम्मत करना आरम्भ कर दिया। पहले-पहल बिरादरी वालों में बहुत कानाफूसी हुई। लेकिन लीलावती ने सबका डँटकर सामना किया। भरी पंचायत के सामने उसने बोल दिया, "अपनी इज्जत बेचने और भीख माँगने से तो अच्छा है, अपनी मेहनत का खाऊँ। पापी पेट को पालने के लिए आखिर कुछ न कुछ तो करना ही पड़ेगा।"

* * *

नन्दू को गुम हुए वर्षों बीत गए। लेकिन लीलावती जब भी किसी साहबनुमा आदमी के जूते पर पॉलिश करती, तो वह बॉर्डर पर शहीद या लापता

होने वाले फौजियों के बारे में अवश्य बात करती। इस प्रकार उसने इस बात की जानकारी प्राप्त कर ली थी कि किसी फौजी के मरने पर सरकार मुआवजा देती है। इसलिए उसे आस थी कि बेटे के जीवित या मृत होने का भले ही कुछ पता न चले लेकिन मुआवजे की रकम उसे अवश्य मिलेगी। इससे उसकी दुःख भरी ज़िन्दगी में बदलाव आएगा।

खाली समय में जब उसके पास कोई ग्राहक नहीं होता तो वह इसके अक्सर सपने देखती रहती। आज जब वह मुआवजे की रकम का सपना देखते-देखते अचेत हो गयी थी, तो उसी क्षण जोर से बिजली कड़की। बारिश रुक चुकी थी। लीलावती ने आँखें खोली तो अपने चारों ओर लोगों की भीड़ को देखा। लोग उसे घूर-घूर कर देख रहे थे।

क्योंकि लीलावती मुआवजे की रकम मिलने वाला सपना देखते-देखते अचेत हो गयी थी। इसलिए लोगों ने उसे उसके बैठने वाले स्थान से कुछ दूर लेटा रखा था। कुछ ने तो उसे मरा हुआ भी मान लिया था। उसने लोगों की ओर शंकित भाव से देखा और उठकर अपनी सपील की ओर चली गयी। उसने पाया कि शहर से आने वाला वर्षा का पानी ऊपर सपील तक पहुँच कर उसकी रोजी-रोटी का हल्का-फुल्का सामान बहा ले गया था। शेष बचा लोहे का पाँव, राम्पी, हांडा, कटर और कुछ भारी सामान जो अपने छोटे सहयोगियों के बिना निरर्थक हो चला था।

उसने अपना बाकी सामान इकट्ठा किया और थकी-हारी सी घर की ओर चल दी। लगभग एक किलोमीटर पैदल चलकर किसी प्रकार घर पहुँची। वर्षा में भीगकर उसके घर की दशा जीर्ण-शीर्ण हो चली थी। एक ओर की दीवार में कई दरारें पड़ गयी थी। देखने मात्र से लग रहा था, कभी भी गिर सकता है।

आँगन में पड़ी खटिया, भीगकर अकड़ चुकी थी। उसे किसी प्रकार खींचकर घर के अंदर घुसाया और कुछ फटे-पुराने कपड़े उस पर बिछाए। लीलावती ने अनुभव किया, 'शरीर ज्वर के ताप से जल रहा है। शरीर में ऐंठन-सी उत्पन्न हो रही है। साँसें साथ छोड़ रही हैं। रुक-रुक और खिंच-खिंचकर आ रही हैं। एकाएक हाथ-पैर ठंडे होने लगे। शीत-सा चढ़ने लगा। आँखों के सामने अँधेरा छाने लगा। अंतिम समय के सारे लक्षण दिखने लगे।

लीलावती ने खटिया पर बैठकर खुले दरवाजे की ओर देखा। खुले किवाड़ हवा से हिलते हुए चूँ-चूँ की आवाज़ करते हुए शायद उसे अपने पास बुला रहे थे। घुटनों पर हाथ रखकर वह ऊँ...ऊँ... की आवाज़ करते हुए कठिनाई से उठी और धीरे से दरवाजा बंद कर लिया। उसके पश्चात फिर कभी किसी ने उस दरवाजे को खुला हुआ नहीं देखा। दरवाजा सदैव के लिए बंद हो चुका था।

दिन, महीने, साल गुजरने के बाद वह मकान भी ढह गया। उसकी मिट्टी बहकर गाँव के पास बहने वाले नाले में चली गयी। तितर-बितर हुई ईंटों को उठाकर लोगों ने नवनिर्माण कर लिया। गाँव में नई सभ्यता सी दिखने लगी। नए-नए भवन आकाश छूने लगे।

सरकारों की अदला-बदली हुई। लोगों के विश्वासों पर खरा उतरने के लिए नई सरकार ने जागरूक होकर काम करना आरम्भ किया। अनेक लापता सैनिकों का अस्तित्व खोजने के लिए पुनरादेश भी जारी हुआ। उचित कार्यवाही से कई जवानों का पता चला जिनमें से लीलावती का पुत्र भी एक था। लेकिन अब वह शहीद हो चुका था। उसके बलिदान की पुण्य स्मृति में गाँव के मुहाने पर भव्य शहीद द्वार बनवाने का सरकार ने निश्चय किया।

किसी 'कारगिल विजय दिवस' के शुभ अवसर पर जब गणमान्य मंत्री जी उस भव्य द्वार का उद्घाटन करने पधारे तो गाँव के बड़े-बूढ़े, स्त्री-बच्चे सभी उस उद्घाटन समारोह को देखने आए। परन्तु वे चार आँखें उस उद्घाटन को नहीं देख पाईं, जो इसे देखने की वास्तविक हक़दार थी।

13

चोर

सलाखों के पीछे एकदम शांत खड़ा, वह अपने अतीत को निहार रहा था। न जाने आज क्यों, उसे कुछ विचित्र सी बातें याद आ रही थी? दो वर्ष का समय बीत गया था, उसे इस काल कोठरी में। पर आज कुछ अजीब सा लग रहा था। व्यर्थ बीते अपने जीवन पर उसने कभी इतनी गम्भीरता से विचार नहीं किया था। लेकिन आज उसे अपने बुरे दौर याद आ रहे थे। बहुत से उलझे प्रश्नों की गाँठे स्वयं ही खुलने का प्रयास कर रही थी। लेकिन कोई उत्तर नहीं मिल रहा था। इतने प्रश्नों का उत्तर वह किससे पूछे, ईश्वर से, किसी देवी-देवताओं से, समाज से या फिर उन लोगों से जिन्होंने उसे केवल एक चोर ही समझा।

उसने अपने अतीत को और गहराई से देखा। स्मृति को अनछुए पहलुओं तक पहुँचाने का सफल प्रयास किया। दूर तक स्मृति ने किसी भाव को कुरेदा तो उसने लम्बी साँस खींचकर, कुछ सिहरकर, सिर को दाएँ-बाएँ हिलाकर जोर से चिटकारी भरी। दाहिने हाथ की मुट्ठी को जोर से दीवार पर मारकर, वह धीरे-धीरे अतीत की स्मृतियों में डूबता चला गया। याद आने लगे किस्सों पर किस्से, घटनाएँ, फिर घटनाएँ। खुलने लगी अतीत की स्मृतियों की परत दर परत...।

जब उसने देखा था, अहीर का बालक शुभम, जिसे वह अपना प्रेमी कहता था, कुल्फी वाले के पास खड़ा कुल्फी प्राप्ति के लिए, असीम कल्पनाएँ करता

हुआ, लार टपका रहा था। तभी उसकी आत्मीयता जाग उठी थी। जब कुल्फी वाला सींखचे में से कुल्फी खींचकर किसी बालक को देता, तब शुभम कुल्फी को ललचायी दृष्टि से देखता। लार स्वयं होंठों पर आ जाती। जब लार, होंठों से नीचे चूने को होती, शुभम जोर से सड़प्पा खींचता। साँस के थपेड़ों की मार सहन न कर, लार तुरन्त अंदर पहुँच जाती। यदि नीचे चू भी जाती तो किसी को क्या फर्क पड़ता। फ़र्क पड़ता भी क्यों, बच्चे क्या समझें दूसरे की भावनाएँ? वे तो बस एक-दूसरे को चिढ़ाने में ही अधिक आनंद का अनुभव करते हैं।

विवाह में आयी बच्चों की टोली, जो कुल्फी वाले को घेरे खड़ी थी, में से कोई जब कुल्फी खरीदता, तो शुभम की जिह्वा लार को रोकने में असफल हो जाती। शुभम जैसा छः-सात वर्ष का अबोध बालक लार को रोकने में कब तक सक्षम होता? उसकी अपनी इच्छाएँ थी। हृदय में भावनाओं का सागर था। एक चंचल मन था। और उस चंचल मन में तमन्नाओं का तूफान था।

"जो वस्तुएँ समीप होकर भी दूरी का आभास देती हैं, उन्हें पाने को मन अधिक उतावला रहता है। उनको हस्ततः करने की इच्छा उघड़-उघड़ कर जागृत होती है।" कुछ ऐसी ही स्थिति कुल्फी को देखकर शुभम के मन में थी। प्रतिक्षण मन उतावला हुआ जा रहा था। लालसा पराकाष्ठा के शिखर पर हो चली थी।

कुल्फी प्राप्ति की विकराल इच्छा का आवेग तब और भी बढ़ चला जब बच्चों ने शुभम को चिढ़ाना आरम्भ किया। एक शरारती बालक ने, कुल्फी फरसे के समान शुभम के सामने करते हुए कहा, "ये देख दूधवाली, मलाईवाली, एकदम ताजी कुल्फी। (कुल्फी वाला हाथ आगे बढ़ाकर) ले चाहिए क्या?"

जैसे ही शुभम ने कुल्फी प्राप्ति के उद्देश्य से हाथ बढ़ाया, उस शरारती बालक ने तुरन्त अपने मुँह में बाएँ से दायीं ओर कुल्फी खींचकर, जोर से चुसकारा लगाया, ऊ...ऽ...ऽ...स।

शरारती बच्चे की इस शरारत से कुल्फी प्राप्ति की इच्छा और तीव्र हो उठी। शुभम को ऐसा लगा जैसे हाथ पर रखी रोटी कौआ झपट ले गया हो। मर्म पर चोट भी लगी।

दूसरे नॉटी ब्याय ने उसे फिर ललचाया, "कुल्फी खाओगे। अभी ली है, सुच्ची है, जूठी नहीं की।"

'कुल्फी को तलवार के समान सीधा खड़ाकर अपना हाथ शुभम की ओर बढ़ा दिया।'

शुभम ने जैसे ही हाथ बढ़ाया, नॉटी ब्वाय ने उसके हाथ पर थूक दिया। उस हाथ पर थूका, जो भीख माँगने के लिए आगे बढ़ा था। वह अल्हड़-नादान, छः-सात वर्ष का बालक, क्या जाने मान-मर्यादा, अहं-खुद्दारी, इज्जत-बेइज्जत, दूसरों के सामने हाथ फैलाना।

किसी तीसरे बालक ने कुल्फी वाला हाथ शुभम की ओर फिर बढ़ाया, "ये देख कुल्फी, फोकट में थोड़े ही आती है। उसके लिए पैसे चाहिए...पैसे। तुम भिखमंगे हो, जो माँगकर खाओगे।"

शुभम लज्जित होकर माँ के पास पहुँचा। उसके मैले-कुचैले कपड़ों को पकड़कर झिंझोड़ा, "माँ, मुझे पैसे दो, कुल्फी लेनी है। सब बच्चे खा रहे हैं। मुझे दिखा-दिखाकर चिढ़ा रहे हैं। ये देखो मेरी हथेली पर थूका भी।"

शुभम ने अपना थूक-सना हाथ आगे बढ़ा दिया। औरत का हृदय पसीज गया। लज्जित हुई सी, दबी आवाज में बोली, "बेटा घर में एक भी रुपया नहीं। भगवान ने गरीबों की ओर से आँखें मूँद ली है। मेरी ऐसी हालत नहीं कि तुझे एक रुपया भी दे सकूँ।"

"तो फिर अनाज दो। अनाज की भी मिल जाएगी। कुल्फी वाला अनाज के बदले भी दे रहा है।" ना समझ शुभम बोला।

रूआँसा होकर महिला बोली, "बेटा, घर में एक दाना नहीं, उसके लिए भी मोहताज हैं। तेरे बापू मजदूरी पर गये हैं, शाम को आटा-दाल लाएँगे। तब कहीं जाकर पेट की आग बुझेगी।"

नादान-भोला शुभम एक बार फिर कुल्फी वाले के पास लौटा। शायद इस बार कुल्फी वाले को दया आ जाए। गरीब के बच्चे पर रहम आ जाए। तरस अपना जलवा दिखा दे तो कोई आधी घुली या टूटी हुई ही मिल जाए। कोई दोस्त अपनी झूठी ही खिला दे।

अपनी इच्छा व्यक्त करते हुए, डरे-सहमें से शुभम ने कुल्फी वाले के सामने एक बार फिर चिचयाना आरम्भ किया, "काका! एक कुल्फी दो ना। कोई आधी

घुली या टूटी हुई ही दे दो।"

"पहले पैसे लाओ, पैसे। फिर मिलेगी।"

"कितने पैसे?"

"दस और बीस वाली है। कम से कम दस रुपये तो लाओ ही। इससे कम में काम नहीं चलने वाला।"

"मेरे बाबा मजदूरी पर गए हैं, शाम को लौटेंगे। तब तुम्हारा उधार चुका देंगे।"

"बेटा कुल्फी भी तभी लेना। टाइम खराब मत कर। तुझ पर एहसान करने का मैंने ठेका नहीं ले रखा। पैसा ला, कुल्फी ले जा। चोरी करके ला या भीख माँगकर ला... ।"

* * *

सलाखों के पीछे खड़े उस चोर को, शुभम के लिए की गयी अपनी अन्तिम चोरी की याद आयी। यही चोरी उसके लिए जीवन का न भरने वाला घाव सिद्ध हुई थी।

जब उसने जेल की सलाखों के पीछे खड़े-खड़े और गहराई से सोचने का प्रयत्न किया तो आँखों के सामने फिर से चलचित्र-सा चलने लगा। जब उसने अपने मालिक की दुमंजिला इमारत से, शुभम को कुल्फी वाले के सामने गिड़गिड़ाते देखा था। वह विचलित हो गया। मित्र की मित्रता कचोटने लगी। उसका मन इतना उतावला हुआ कि दुमंजिल से ही नीचे कूद पड़े। उसे ऐसा लगा जैसे प्रेमी की सहायता के लिए कोई भीतर से उकसा रहा हो। कह रहा हो, "प्रेमी के लिए न्योछावर हो जा। लुटा दे अपना सब कुछ।"

वह उद्वेलित होकर शीघ्रता से शुभम के समीप आया। उसे ढाँढ़स बँधाते हुए कहा, "कुल्फी खाओगे, शुभम!"

उसे देखते ही शुभम, प्रफुल्लित होकर बोला, "रतन भैइया आप! अच्छे समय पर आए। भैया मन तो बहुत हो रहा है। पर क्या करें पैसा नहीं? भैया

आप तो गाँव के सबसे बड़े जमींदार कमलसिंह के यहाँ नौकर हैं, आपके पास अवश्य होंगे। आपकी जेब खाली हो ही नहीं सकती। गाँव का कौन सा लड़का है जो आपकी बराबरी कर सके? आप मेरे बड़े भाई जैसे हैं। मुझसे काफी बड़े भी हैं। आप चाहे तो मैं कुल्फी क्यों नहीं खा सकता?"

शुभम ने अपने प्रेमी की शान में कुछ और कशीदे पढ़े। उत्साहित होकर दूसरे बालकों को ललकारा, "सालों! बहुत चिढ़ा रहे थे, मेरा प्रेमी आ गया है। अब देखता हूँ मुझे कुल्फी खाने से कौन रोकता है? तुम सबको चिढ़ा-चिढ़ाकर खाऊँगा। ऐसी-ऐसी दस कुल्फी खाऊँगा। मेरा प्रेमी टुच्चा प्रेमी नहीं, अमीर है अमीर।"

रतन ने पुलकित होकर जेब में हाथ डाला। जेब खाली...फूटी कौड़ी उसमें नहीं...खाली डब्बा, खाली बोतल...। "धत तेरी एक रुपया भी नहीं।...शायद वक्त ही खराब चल रहा है। आते समय बिल्ली भी रास्ता काटी थी।" वह बड़बड़ाया।

कोई समाधान न सूझा तो स्वयं को कोसना आरम्भ किया, "तू इतना हकीर, ऐसा कमजोर, प्रेमी की एक इच्छा भी पूरी नहीं कर सकता? तू निकम्मा-कामचोर, जो प्रेमी को सन्तुष्टि न दे सके? तू कैसा प्रेमी जो प्रेमी के काम नहीं आ सकता?"

थोड़ा-सा उत्साहित होते हुए, "प्रेमी की इच्छा अवश्य पूरी करूँगा। पर कैसे करूँ? पैसा किससे माँगू? भीख माँगू? ...मालिक से दो महीने की पगार भी माँ अग्रिम रूप में ले चुकी है। पर उसका भी दोष नहीं, बेचारी बीमार चल रही है।"

कुछ विचलित-सा होकर रतन ने स्वयं को एक बार फिर उलाहना दिया, "तू माखनचोर बनकर भी किसी की आत्मा को तृप्त नहीं कर सकता? कृष्ण भी तो सखाओं के लिए माखन चुराते थे। वे तो भगवान थे। भगवान ने स्वयं चोरी की है। परन्तु दूसरों के लिए। दूसरों के लिए चोरी करना पाप नहीं। यदि पाप होगा भी तो उन्हीं कृष्ण की शरण में चला जाऊँगा। वे पालनहार स्वयं रक्षा करेंगे। भूखे को भोजन कराने का पुण्य कौन नहीं प्राप्त करना चाहेगा? इससे बड़ा पुण्य का कार्य संसार में दूसरा नहीं। शुभम को कुल्फी खिलाऊँगा तो उसकी

आत्मा तृप्त होकर प्रसन्न होगी। दीर्घायु होने का आशीर्वाद देगी। तो फिर कुल्फी प्राप्ति का उपाय खोजता हूँ।"

रेहड़ी का चक्कर लगा-लगाकर रतन मौका तलाशने लगा। कुल्फी प्राप्ति के भरसक प्रयत्न में वह तनिक भी चूक नहीं होने देगा। इसलिए उसने रेहड़ी पर बगुलों जैसा ध्यान केंद्रित कर लिया। नीचे बैठ-बैठकर, छुप-छुपकर दाँव लगाना चालू। इधर देखा-उधर देखा, दाएँ देखा-बाएँ देखा और मौका मिलते ही उसने कुल्फी चुरा ली। सींखचे में से उसने कुल्फी को ऐसे खींचा जैसे क्रोध के समय म्यान में से तलवार को।

लेकिन कुल्फी वाले का घेरा डाले खड़े बच्चों ने उसकी हरकत देखते ही शोर मचा दिया, "चोरटा-चोरटा, कुल्फी चुराता है। ये देखो अभी भी उसके हाथ में है।"

रतन धरा गया। पोल खुल गयी। कुल्फी वाले ने पकड़कर दो चपत लगाई, "चोरी का माल थोड़े ही है, जो तू हेरा-फेरी कर लेगा। हराम का माल समझ रहा है, जो तू उड़ाकर भाग लेगा। रुपये ला रुपये...चोरी क्यों करता है? हराम की खाने की आदत पड़ी है क्या?"

रतन ने लज्जित होकर शुभम से कहा, "शुभम! आज अपना दिन नहीं। कुल्फी कल खिलाऊँगा।"

छोटा शुभम....., अबोध शुभम झल्लाया, "नहीं, इन लड़कों ने मेरे हाथ पर थूका है। मुझे चिढ़ाया भी है। आज ही खाऊँगा। इन्हें चिढ़ा-चिढ़ाकर खाऊँगा। भैया तुम चाहो तो क्या नहीं हो सकता?"

शुभम के शब्दों में अधिकार और आग्रह, दोनों का सामंजस्य था।

रतन फिर से विचार मग्न, "कुल्फी कैसे प्राप्त हो? कौन-सी विधि अपनाऊँ? किस रीति से काम लूँ। युक्तियाँ साथ छोड़ रही हैं।"

फिर एकाएक जोश और आत्मविश्वास से लबरेज होकर, "कुल्फी अवश्य प्राप्त करूँगा। प्रेमी की इच्छा अभी पूरी करूँगा। यक्ष प्रश्न थोड़े ही है, जो हल नहीं होगा? यक्ष प्रश्न हुआ भी तो क्या, प्रत्येक समस्या का हल है।"

अंतर्संबंध और अन्य कहानियाँ

अनेक विचारों से मन-मस्तिष्क की चीर-फाड़ करते हुए वह स्प्रिंग के समान उछला। उसने फिर एक नई युक्ति खोज ली, "घर सूना है, खाली है... एकदम वीरान...भूत बंगला बना हुआ। परिवार के सभी सदस्य विवाह में चूल्हा नौत (सपरिवार) दावत खाने गए हैं। बच्चे-बूढ़े, लोग-लुगाई सब। मैं नौकर हूँ... कुत्ता हूँ...घर की रखवाली के लिए छोड़ दिया। अभी-अभी तो निकले हैं। कम से कम दो घंटे बाद तो लौटेंगे ही। तब तक तो सारा काम आईनल-फाईनल हो जाएगा। हाथ की सफाई इस समय काम न आयी तो कब आएगी। किसे पता चलेगा एक सूने-वीरान घर से रुपये कहाँ गए? भेद तो तब खुलेगा, जब कोई देखेगा। पर वहाँ तो कोई है ही नहीं?"

रतन, शुभम को ढाँढ़स बँधाकर, पाँच मिनट में वापस आने का वादा कर, ये जा...वो जा...। सीधा अपने जमींदार मालिक कमल सिंह के घर में घुसा। सन्दूक-बक्से, बैग-अटैची, दराजें, अलमारी, टटोलना आरम्भ। कपड़े उलट-पलट, बिस्तरों की तहें इधर से उधर। अपनी जान-पहचान की सभी वस्तुएँ खोज डाली, पर एक रुपया हाथ नहीं लगा। पाँच मिनट में इतना परिश्रम कर डाल, जितना वह दो घंटे में भी नहीं करता था।

थोड़ा हताश, कुछ निराश, मस्तक से चूने वाली पसीने की बूँदे पोंछते हुए, "ये लोग, पैसा कहाँ रखते हैं? बड़े लोग हैं, अवश्य ही अति गूढ़-गोपनीय स्थान पर रखते होंगे। इतनी मेहनत-मशक्कत करने के बाद भी एक रुपया तक हाथ नहीं आया और सवाल दस रुपयों का है। ऊपर से भय और खौफ के कारण पसीने की धाराएँ रूकने का नाम नहीं ले रही।"

स्तम्भ के समान सीधा खड़ा होकर रतन ने अपनी बुद्धि का घोड़ा एक बार फिर दौड़ाया, "रुपया कहाँ हो सकता है? मालकिन अंटी में तो दबाकर नहीं ले गयी। ले भी गयी होगी तो कुछ तो यहाँ भी अवश्य छोड़ा होगा। सारा रुपया बैंक में तो जमा कर नहीं सकते।"

सहसा, कुछ हर्षित, कुछ पुलकित होकर, टटरी पर जोर से हाथ मारकर, "अरे याद आया, एक बार मालकिन ने बड़ी बहू को दालान वाली कोठरी से रूपए दिए थे। एक हाथ वहाँ भी आजमाता हूँ। हो सकता है सोया भाग्य जाग उठे। भगवान किसी की मेहनत नहीं रखता। भले ही वो चोरी के लिए किया गया

कठिन परिश्रम क्यों न हो? भगवान ने तो स्वयं सखाओं के लिए चोरी की है। मैं तो केवल एक तुच्छ मनुष्य हूँ।"

रतन ने अथक प्रयास फिर आरम्भ किया। यहाँ खोजा, वहाँ खोजा। इधर देख, उधर देख, कोई कोना, कोई दराज, प्रत्येक बैग, सन्दूकचा, सन्दूकड़ी, अलमारी, शोकेस, कोई भी स्थान पैनी दृष्टि से बचना नहीं चाहिए।

काफी छानबीन करने के पश्चात लकड़ी के बक्से से कपड़े की थैली हाथ लगी। इजारबंद से कसे उसके मुँह को ढीला कर हाथ डाला। ओ....! ये क्या, काले-सफ़ेद पाँच-पाँच सौ के नोट हाथ में झंडे के समान लहराने लगे। खुशी से दिल बाग-बाग हो गया। आश्चर्य ने आँखों का आकार बढ़ा दिया। परंतु आँखों में खुशी की लहर के साथ ही समस्या के डोरे भी तैरने लगे। परिश्रम सफल होने की प्रसन्नता। लेकिन इतने बड़े नोटों को चुराए कैसे, अजीब समस्या?

किंकर्तव्यमूढ़ की स्थिति में खड़ा होकर सोचने लगा, "बड़ी रकम वाले नोटों के चुराने की हिम्मत कहाँ से लाऊँ। उनकी भारी-भरकम क्षमता किसी को भी पच नहीं पाएगी। पाँच-सौ का नोट देखकर तो कुल्फी वाला तुरन्त पूछेगा, कहाँ से लाया? जरूर चोरी की होगी। अभी तो तू पैसे के अभाव में कुल्फी चुरा रहा था। तेरे घर जादुई मुर्गी थोड़े ही है, जो सोने का अंड़ा दे दिया होगा। रुपये होते तो चोर न बनता।"

रतन, सहमा, थोड़ा आशंकित हुआ और क्रोधित भी। चोरी भी की और मज़ा नहीं आया। चोर भी बना और रूपये चुराने में असमर्थ। जरूरत से इतना अधिक मिल गया कि पचा पाना मुश्किल।

उसने थैली जोर से पटकी...धत्त साली, माया महाठगिनी।

'अरे...रे...रे ये क्या चमत्कार, थैली में से गिलट का दस का नोट चू गया। पहिये के समान घूमता रतन की ओर आया।'

'कोठरी की छत में देखकर जैसे भगवान को धन्यवाद दे रहा हो, पहले छप्पर फाड़ कर दिया, फिर चींटी के बिल से।

कुछ हर्षित, कुछ पुलकित। गदगद दौड़ता कुल्फी वाले के समीप पहुँचा।

'ये ले दस का नोट, दो कुल्फी दे।'

'एक आएगी एक... दस की एक है।' कुल्फी वाले ने उसकी ओर ऐंठकर, घूरते हुए कहा।

विनम्र याचना और अनुनय निवेदन करने पर भी कुल्फी एक ही मिली। कुल्फीवाला, कुल्फी के समान पिघलकर दयालु हृदय न बना। अतः विकराल समस्या कुल्फी शुभम खाए या रतन। मन में द्वंद, स्वयं खाए या जिसके लिए चोरी की, चोर बना, जान हथेली पर रखकर मशक्कत की, उसे खाने दे।

विजय पुरुषार्थ की हुई। विवेक जाग्रत हुआ। स्वयं को धिक्कारा, जिसके लिए चोर बना। चोर का प्रतीक चिह्न चरित्र पर लगाया, उसी से छीनकर खाऊँगा। मित्र की इच्छाओं का खून कर कुल्फी नहीं लूँगा।

कुल्फी शुभम के हिस्से में आयी, जिसे वह चपड़-चपड़ करके चाटने लगा।

रतन को मानसिक संतोष मिला। आत्मा आनंदित हो उठी। लेकिन कुल्फी से वंचित रह जाने का मलाल भी हुआ।

शुभम ने आधी कुल्फी बचाकर रतन को दी। परन्तु वह उसकी जूठी खाना नहीं चाहता। उसने शुभम की लटकी हुई नाक की बत्ती देख ली थी। जो लगभग कुल्फी को छू गयी थी। शुभम शेष बची कुल्फी चुसड़-चुसड़ करके फिर से चाटने लगा। उसे कुल्फी खाता देख रतन मन मसोस कर रह गया। जिह्वा लार से तर-ब-तर होने लगी तो, दूर हटना पड़ा।

शुभम को स्वादिष्ट, दूधवाली, मलाईवाली कुल्फी खाता देख, पड़ोसी बच्चे चिढ़ उठे। उस पर तोहमत लगाते हुए कहने लगे, "तेरे पास तो एक रुपया भी नहीं था, फिर कुल्फी कहाँ से आयी? थोड़ी देर पहले तो तू हाथ फैला-फैलाकर भीख माँग रहा था। चोरटे ने ज़रूर चुराई होगी।"

अपने ऊपर आक्षेप सुनकर शुभम तैश में बोल उठा, "मेरे प्रेमी ने दिलाई है। पक्के दोस्त ने इच्छा पूरी की है, मेरी। मैं चोरी क्यों करूँगा? मेरा प्रेमी कमल सिंह जमींदार के यहाँ नौकरी करता है, कमल सिंह जमींदार के। है, कोई गाँव में उसकी टक्कर का? मेरे प्रेमी के पास रुपयों की कमी थोड़े ही है। वह ऐसी-ऐसी दस कुल्फी और दिला सकता है।"

“दस दिला सकता है तो स्वयं दूर खड़ा क्यों लार टपका रहा है? अपने लिए क्यों नहीं ली? अपना-सा मुँह लिए दूर जाकर क्यों खड़ा हो गया? हिम्मत है तो दो-चार और लेकर दिखाए। एक-आध हमें भी खिलाए। लज्जित होकर क्यों ताक रहा है?” यह दो बच्चों का रतन के ऊपर किया हुआ मिला-जुला आक्षेप था।

शुभम के माध्यम से जब बच्चों ने रतन पर ताने और उलाहने कसे, उसे चिढ़ाया और उकसाया। हृदय में भड़की ज्वाला से वह एक बार फिर उद्वेलित हो उठा। अपनी खीज मिटाने और उन बच्चों को कुरकुरा जवाब देने की नियत से उसने फिर से चोरी करने की योजना बना डाली। रुपये किस स्थान पर रखे हैं, उसे पहले से ही ज्ञात था। फिर से तलाशने की मशक्कत भी नहीं करनी पड़ेगी। उन्हें चुराने में देर भी नहीं लगेगी। अभी तक कोई घरवाला लौटा ही कहाँ होगा?

रतन योजना बनाकर, चोरी करने फिर से घर में घुस गया। बिन कोई क्षण गँवाए वह सीधा अपने लक्षित स्थान पर जा पहुँचा। बक्से से वही थैली निकाली और पाँच सौ का काला-सफ़ेद नोट उड़ा लिया।

धबड़-धबड़, धड़ाम-धड़ाम, मालकिन-बड़ी बहू, टीनू-मीनू आदि परिवार के सदस्य अचानक आ पहुँचे। एक बार तो उसे ऐसा लगा, शायद सब घर के अंदर ही छिपे, उसकी करतूतों का निरीक्षण बारीकी से कर रहे थे। वह संभल न पाया था। किवाड़ के पीछे छिपने में भी सक्षम न हुआ था। कोई सटीक बहाना भी नहीं बना पाया था कि धरा गया।

तलाशी होने पर बगल से पाँच सौ का पत्ता गिर पड़ा। दूसरे अवसर पर की गयी चोरी ने चूकर पोल खोल दी। जूते-चप्पलों, घूसों और थप्पड़ों से मार-पिटाई हुई। उस मार को वह वर्षों के पश्चात आज भी नहीं भूल पाया।

कुछ ताज़ा-तरीन चोरियों के साथ ही उन समस्त पुरानी चोरियों का इल्जाम भी रतन के सिर मढ़ा गया, जो उसने नहीं की थी। वह रंगे हाथों पकड़ा गया था, इसलिए बच न सका। रतन का अपराध पूर्णतः सिद्ध हो चुका था। अतः उसे पुलिस को सौंप दिया गया।

वह स्वयं भी जानता था, ‘चोर बनने का यह उसका प्रथम अवसर नहीं था।

 अंतर्संबंध और अन्य कहानियाँ

उसने पहले भी खूब हाथ की सफाई की थी। अनुकूल अवसर मिलने पर जब भी उसका दाँव बैठता, वह पलक झपकते ही मालिकों का सामान उड़ा देता। जाकर माँ को देता। माँ प्यार से पुचकारती। सिर पर हाथ फेरते हुए थोड़ा मुस्कराती और सामान लेकर कच्ची दीवार में बनी अल्मारी में संभाल कर रख लेती। इसे, माँ की लालची प्रवृति कहा जाए या मजबूरी, लेकिन इस प्रकार का व्यवहार उसके लिए चोर बनने में सहायक सिद्ध हुआ।'

कई बार तो माँ ने उसे हिदायत भी दी थी, "वे तो बड़े लोग हैं। छोटे-मोटे सामान का उन्हें पता ही क्या चलेगा? छोटी चोरी की तो उन्हें भनक भी न लगेगी, बड़े डाके पड़ने पर ही सिर पीट-पीट कर रोएँगे। गरीब का भी तो भला होना चाहिए। इतना कमाकर कहाँ ले जाएँगे। कोई कमी थोड़े ही आ जाएगी। डाका पड़ गया तो फिर नहीं सिर धुनेंगे। बड़ा बर्तन है, मलाई न सही, खुर्चन तो नौकरों को मिलनी ही चाहिए।"

रतन के पकड़े जाने पर गाँव वालों में बहुत काना-फूसी हुई थी। अनेक दोष उसके चरित्र पर मढ़े गए थे। जमींदार के परिवार वालों ने उसके चोरी के कारनामों की व्याख्या बहुत बढ़ा-चढ़ाकर प्रस्तुत की थी। इसलिए गाँव वालों के होंठों पर रतन के विषय में अलग-अलग और विचित्र कहानियाँ थी-

"रमावती के बेटे ने दस हजार की चोरी की है, पुलिस पकड़ कर ले गयी। जाने कैसा भयानक मुकदमा चले। पाँच-सात साल की सजा तो अवश्य हो जाएगी। मार-पिटाई होगी अलग से।"

"बेचारी रमावती का अकेला लड़का है, बुढ़ापे का एक मात्र सहारा। जमींदार के परिवार वालों ने अच्छा तो नहीं किया उसे पुलिस को पकड़वाकर। गरीब को दो धक्के फालतू मिलेंगे।"

लेकिन सब जानते थे- रतन चोर है, पक्का चोर। बचपन से ही उसे चोरी की आदत है। यह आदत उससे, शरीर के अंग के समान चिपकी हुई है। शरीर से अंग काटकर अलग करना सरल कार्य थोड़े ही है। उसके लिए तो ऑपरेशन की आवश्यकता होती है। ये ऑपरेशन रमावती को करना चाहिए था। ऐसा उसने किया नहीं। रमावती ने उसे कभी चोरी करने से नहीं रोका। अन्यथा सम्भव था

कि वह सही मार्ग का अनुकरण कर लेता। उचित मार्ग पर चलकर चोर से भिन्न अपनी पहचान बना लेता।

माँ-बाप, औलाद के लिए प्रथम पाठशाला है, जहाँ से वे सही-गलत, अच्छा-बुरा, तमीज़-तहज़ीब की शिक्षा ग्रहण करते हैं। रतन के पिता तो बचपन में ही चल बसे थे। कम से कम माँ को तो उसका खयाल रखना चाहिए था। आदर्श और उसूल की शिक्षा देनी चाहिए थी। लेकिन रमामवती ने रतन से कभी कुछ नहीं पूछा, भले ही उसने पूरा दिन आवारागर्दी में काटा हो।

रंगे हाथों पकड़े जाने के कारण, रतन का अपराध सिद्ध था। इसलिए कमलसिंह के परिवार वालों की गवाही के आधार पर रतन को तीन वर्ष की कारावास हुई। वे सभी उसकी चोरियों से तंग थे और उससे छुटकारा पाने का अवसर खोज रहे थे।

आज, जब जेल में उसके दो वर्ष बीत चुके हैं, वह सलाखों के पीछे चुपचाप खड़ा अतीत को निहार रहा है। मस्तिष्क को कुरेद-कुरेद कर याद करने का भरसक प्रयत्न कर रहा है कि उसने प्रथम चोरी कब की थी? क्या, प्रथम चोरी से ही उसे चोर की उपाधि मिल गयी थी? या बाद में वह असली चोर बना। शायद इस प्रकार का संयोग नहीं बना था। उसने मस्तिष्क पर जोर डालकर अतीत को निहारने का एक बार फिर सफल प्रयास किया।

पहली बार जब उसने स्कूल के सहपाठी बच्चे की पेंसिल चुराई थी, माँ इतना सुनकर संतुष्ट हो गयी थी- 'पायी है।' उससे अधिक जाँच-पड़ताल का कर्तव्य माँ ने नहीं समझा था। फिर क्या था, रतन के हौसलों को पंख लग गए। उसकी इच्छाएँ उड़-उड़कर सुलभ-दुलर्भ वस्तुओं पर झपट्टा मारने लगी। उसे प्रतिदिन वस्तुएँ पाने लगी। माँ ने कभी नहीं पूछा, "प्रतिदिन वस्तुएँ किस प्रकार पा जाती हैं? कौन सी ऐसी गली है, जिसमें सामान बिखरा ही पड़ा रहता है? एक बार संयोग हो सकता है, बार-बार नहीं।"

कोई तीखी प्रतिक्रिया करने के बजाए, माँ पुचकार कर सिर पर हाथ फेरती और वस्तुएँ लेकर रख लेती। कभी न पूछती, "कहाँ से मिली? किसने दिया? किसका है?"

यदि माँ अपने कर्तव्य का पालन करते हुए, उससे वस्तुएँ प्राप्ति का उपाय पूछती तो सम्भवतः उसके जीवन का इतिहास इससे भिन्न होता। उसके चाल-चलन के विषय में माँ को सचेत रहना था।

माँ का सहारा मिलते ही, उसे चोरी की लत जो लगी फिर चाहकर भी नहीं छूटी। उसे कटु अनुभव हुआ, "माँ-बाप का अधिक लाड़-प्यार कभी-कभी बच्चों के लिए दुश्मन सिद्ध होता है। इसलिए प्यार उसी सीमा तक उचित है, जब तक वह बच्चों को बिगाड़ने में सहायक न सिद्ध हो।" इस विषय की जब तक उसे समझ हुई, तब तक बहुत देर हो चुकी थी।

अपने स्कूल के समस्त बच्चों की संख्या तो अधिक होगी पर कम से कम रतन की कक्षा का कोई बच्चा अछूता नहीं था, जिसका उसने कुछ न कुछ चुराया न हो। उसने गिन-गिन कर प्रत्येक का सामान चुराया था। उन चोरियों का खुलासा मास्टर के सामने हुआ तो मास्टर ने उसकी खूब सुताई की और स्कूल से निकाल दिया। इसलिए उसकी प्राइमरी तक की शिक्षा भी पूरी न हो सकी।

स्कूल से निकाले जाने पर, गरीब-विधवा का एक मात्र सहारा समझकर गाँव के जमींदार कमलसिंह ने उसे अपने यहाँ नौकर रख लिया। दयालू प्रवृति के कमलसिंह को उस पर दया आ गयी थी। दस-ग्यारह वर्ष की अवस्था होने के कारण वह भारी और कष्टदायक कार्य करने मे सक्षम नहीं था। इसलिए उसकी जिम्मेदारी डंगर-ढोरों के घास पानी की देखभाल, उनकी गोबर हटाना, घर के छिट-पुट कार्य करने के साथ ही जमींदार के हुक्के में आग और तम्बाकू रखने की हो गयी।

चोरी का गोरखधन्धा करते रहने पर भी रतन बहुत दिनों तक जमींदार मालिक का दयापात्र बना रहा। क्योंकि हुक्का ताजा करना, प्रत्येक काम में जी हुजूरी करना, शरीर की मालिश करना और सोते समय कमलसिंह के पैर दबाना आदि कार्यों में वह दक्ष था। हो सकता है वे, उसकी जी हुजूरी से ही प्रसन्न हों। या फिर उन्होंने सोच लिया हो, "भगवान का दिया सब कुछ है, गरीब के भाग से दिन दोगुनी, रात चौगुनी समृद्धि हो रही है। जब से लौंडे को रखा है, धन-धान्य से समृद्ध हुए जा रहे हैं। मालिक की कृपा से गरीबों की भी दाल-रोटी चलती रहेगी। कम से कम एहसानमंद तो रहेंगे ही।"

कमल सिंह परिवार के अन्य सदस्यों की अपेक्षा अधिक उदार और दयालू प्रवृति के थे। उनमें अन्य बड़े अमीरों जैसा अक्खड़पन नहीं था। बल्कि कुछ लोग तो उन्हें देवता तुल्य मानते थे। यदि रतन उनसे क्षमा याचना कर लेता तो सम्भवतः पुलिस को न सौंपा जाता। क्षमा भी मिल सकती थी और मुक्ति भी। वह अवसर चूक गया था। क्योंकि उस समय वह अत्यधिक भयभीत हो गया था।

आज वह, दो वर्ष एक माह पश्चात, सलाखों के पीछे खड़ा अपने अतीत को फिर से घूर रहा है। उन लम्हों को याद कर रहा है, जिन्होंने उसे चोर बनाया। सुधरने का अवसर उसके जीवन में शायद एक बार भी नहीं आया था।

यदि, माँ ने उसके चोरी किए सामानों को दूर फेंक दिया होता और उसके गाल पर चपत लगाकर उसे चेतावनी दी होती, "यदि चोरी की तो मुझसे बुरा कोई न होगा। खबरदार जो किसी का मिट्टी का कसोरा भी चुराया। खाना-पीना बंद कर दूँगी। घर में मूँदकर मारूँगी और तेरे मास्टर से कहकर तेरी हड्डी-पसली तुड़वा दूँगी।"

ऐसे वाक्य सुनते ही, भय से कंपित होकर वह अपना मार्ग बदल सकता था। उसके जीवन में युगान्तकारी परिवर्तन हो सकता था। फिर निश्चित रूप से उसके जीवन का इतिहास इससे भिन्न होता। उसकी पहचान एक सभ्य और लाडले बालक के रूप में होती, जिसे देखते ही सब प्यार करते।

उसके चुराए सामानों को माँ ने अलमारी की शोभा बनाने के स्थान पर सड़क पर फेंक दिया होता, तो उसके ऊपर चोर का लबादा न लगता। चोर नाम का पेबंद उसके चरित्र पर न चिपकता। यदि माँ ने पुचकारने के स्थान पर, उसे आँखें लाल करके डराया होता तो वह गलत मार्ग का अनुकरण न करता। उसके कान ऐंठकर ठीक प्रकार से चाबी भरी होती, तो जहाज अपने मार्ग से कभी न भटकता। माँ की पाठशाला में अच्छे संस्कार मिले होते तो एक अच्छे चरित्र का विकास होता। माँ ने अपनी भूमिका ठीक से निभाई होती, तो मैं क्यों बिगड़ता? दुनिया मुझे चोर कहकर क्यों बुलाती?

रतन ने अपने चोर बनने का सबसे बड़ा सहयोगी अपनी माँ को माना।

लेकिन वह कुसूरवार थी अथवा नहीं, कोई नहीं जानता।

आज मंगलवार को उसकी मुलाक़ात आ रही है। रतन को माँ से मिलने की सूचना मिली है। प्रातः से ही कारागार के मुख्य द्वार पर आगन्तुकों की भीड़ जमा है। कोई बहुत दूर से आया है, कोई समीप से, तो कोई-कोई उसी कस्बे से ही। सभी के पास कोई न कोई सामान है, खाने-पीने, नहाने-धोने, ओढ़ने-बिछाने का वगैरह-वगैरह। लेकिन वो चोरी का सामान नहीं हो सकता क्योंकि उसे किसी ने भी छिपाया हुआ नहीं।

रतन की माँ भी उससे मिलने आयी है, जिसके हाथ में बड़ा-सा टिफिन है। कपड़े की पोटली में कुछ और भी बँधा है। रतन खिड़की के दो मोटे सरिए हाथ की मुटिठयों में भींचे अपने अतीत को निहार रहा है। अरे, नहीं, नहीं इस बार शायद वह माँ से मिलने की प्रतीक्षा कर रहा है। उसे ज्ञात हो गया है, माँ मिलने आयी है। स्टेचू बनी उसकी दशा को देखकर लग रहा है, उसके मन-मस्तिष्क में बहुत से विचार भी कौंध रहे हैं। जिनमें संवेदना और कुंठा, दोनों का मिश्रण है।

'माँ मिलने आ रही है। क्यों आ रही है? शायद कारण उसे भी ज्ञात नहीं। या फिर हो भी सकता है। क्या अब भी कोई सहानुभूति शेष रह गयी? कोई कर्ज शेष रह गया? वही माँ मिलने आ रही है, जिसने उसे पाल-पोसकर बड़ा किया। स्वयं भूखी रही, उसका पेट भरा। दाने-दाने के लिए दूसरों की बेगार की। शोहदों और एय्याशों की नजरों से स्वयं को बचाकर मजदूरी की। आरने-लकड़ियाँ चुगकर रोटियाँ बनाई। उसकी छोटी-बड़ी, अच्छी-बुरी प्रत्येक जिद पूरी की। अपने झीर-पिरोंदे कपड़ों की परवाह न कर, उसे अच्छे कपड़े दिए।'

लेकिन इन अच्छाइयों के साथ-साथ बुराई भी चलती रही। उसने रतन को एक बार भी अच्छा पाठ नहीं पढ़ाया। चोरी करना महापाप है। चोरी का परिणाम भयानक होता है। चोर के लिए नरक में भी स्थान नहीं। चोर का लबादा लगने पर, चोरी कोई भी करे संदेह बदनाम चोर पर ही जाता है। डाका कहीं भी पड़े पुलिस उसे ही उठाती है। बद अच्छा, बदनाम बुरा।

माँ ने आते ही रतन को दयनीय आँखों से देखा। आदत के अनुसार उसके सिर पर हाथ रखकर पुचकारा। गाल को सहलाते हुए जैसे ही हाथ को मुँह के

समक्ष पहुँचाया, रतन ने अपने पैने और तेज दाँतों से हाथ को काट खाया। दाँत इतनी शीघ्रता से अंदर घुसे कि खून की धारा सी बह निकली। माँस के हल्के टुकड़े भी दिखे।

बुढ़िया चीखती-चिल्लाती जेल से बाहर दौड़ी चली आयी। उसके हाथ से जिस प्रकार खून की धारा बह रही थी, उसी प्रकार मुख से धारा-प्रवाह गालियाँ, "उत्ता...नासपिटा...पैदा होते ही मर क्यों न गया? जवान हो गया तो क्या अब हमें काट खाएगा। 'रांड का सांड' खुला छोड़ दिया तो, दूसरों का जीना मुहाल कर देगा? ऐसे मनहूस राक्षस से तो निपूती अच्छी थी। मैं, कोई सौतेली थोड़े ही थी जो मेरे साथ ऐसा व्यवहार किया...।"

यह सब देखकर कोई कैदी भी कहने लगा, "हाय...हाय...औलाद के पैदा होने पर उसके पालन-पोषण का जोखिम। कहबत की न निकले तो दुःख। चाल-चलन में बिगाड़ आ जाए, बदनामी का डर। जवान होने पर शादी-विवाह का फजीता। बुढ़ापे में देख-भाल न करे तो पीड़ा से अन्तरात्मा ही हिल उठती है...। कितने दुख हैं, औलाद के होने पर। बे-औलाद को तो केवल एक ही मलाल रहता है, बाकी सभी दुखों से तो मुक्ति रहती है।"

इधर बुढ़िया अपने दिल की भड़ास निकालती हुई तीखे-व्यंग्यात्मक वाक्य बोलती जा रही थी। उसकी आँखों में पछतावे के आँसू स्पष्ट छलक रहे थे। उसकी काँपती काया, हृदय की पीड़ा को व्यक्त कर रही थी। उधर रतन विचारमग्न था, "यही हाथ था वो... यही था वो हाथ, जिसने मुझे चोर बनाया। यदि इस हाथ ने पुचकारने, गाल सहलाने, सामान लेकर रखने के स्थान पर, जोर का चपट लगाया होता। तो सम्भव था वह भी ईमानदार व्यक्ति का जीवन व्यतीत कर रहा होता। सभ्य व्यक्तियों में उसकी भी गणना हो सकती थी। वो इतना भी ढीठ या हठी नहीं था कि उसकी चोरी की लत न छूटती। केवल सहारा मिलने पर ही चोर बना।"

अपनी घिनौनी करतूत के लिए रतन को न तो पश्चाताप हुआ और न पछतावा। उस समय उसकी विचित्र-सी दशा थी। वह अत्यधिक तनावग्रस्त था। उसके हृदय में क्रोध की ज्वाला दहक रही थी। आज उसे स्वयं से ही ईर्ष्या हो रही थी।

स्वयं का अपराध बोध कराने के लिए जब उसे जेलर के सामने प्रस्तुत किया गया, उसने स्वयं को निर्दोष सिद्ध करते हुए विचित्र सा उत्तर दिया, "सभी मनुष्य चोरी करते हैं, फिर केवल मुझे ही चोर की उपाधि क्यों मिली? संसार में कौन ऐसा होगा, जिसने चोरी न की हो। आज दुनिया मेरी पहचान चोर के रूप में कर रही है, रतन नाम का औचित्य ही समाप्त हो गया। जिन अपराधों की सजा मैं काट रहा हूँ, उनकी वास्तविक हकदार तो मेरी माँ है। मैं तो प्रशिक्षित किया हुआ वो कुत्ता हूँ, जिसने मालिक की अनुपस्थिति में चुराकर रोटियाँ खाई। यदि मेरे अपराधों के लिए मुझे फाँसी की सजा होती तो मुससे पहले मेरी माँ को फाँसी की सजा होनी चाहिए थी। मेरे द्वारा पहली बार चुरायी गयी पेंसिल को उसी ने लेकर रखा था। यदि मैं चोर हूँ तो केवल उसी के सहयोग से।"

ऐसा विचित्र उत्तर सुनकर जेलर काफी आश्चर्यचकित हुआ। रतन के कथन में कितनी सच्चाई थी, कितनी नहीं वह अनिर्णित रहा।

14

दूसरा ब्रह्मा

महाराज कॉलेज में उसकी पहचान अत्यधिक सुंदर लड़की के रूप में की जाती थी। वह थी भी वास्तव में अत्यंत खूबसूरत, हसीन और प्यारी। कॉलेज के कुछ स्टूडेंट्स तो इस बात का भी दावा किया करते थे कि उसके जैसा रूपवान किसी संकाय, किसी विभाग या किसी क्लास में है ही नहीं। इतना ही नहीं उसके प्राध्यापक-प्राध्यापिकाओं को भी विश्वास था कि यदि वह 'मिस इंडिया' या किसी अन्य सौंदर्य प्रतियोगिता में भाग लेगी तो अवश्य ही प्रथम स्थान प्राप्त कर लेगी। इसलिए उसकी कई दोस्तों ने उसे मॉडलिंग के लिए उकसाना भी आरम्भ कर दिया था।

बड़ी-बड़ी हिरनी सी आँखें, जिनकी उपमाएँ अक्सर काव्य-साहित्य में दी जाती हैं। काले-काले घने बाल, जो अपनी सम्पूर्ण लम्बाई के मध्य से कटे थे। वे अक्सर उसके सानों पर बिखरे दिखाई देते। लेकिन जब कभी उन्हें कसकर बाँध दिया जाता, कुंडली जमाए काले नाग के समान लगते। छरहरा शरीर न अधिक मोटा और न पतला। मन मोहिनी मटकती चाल। शरीर का प्रत्येक अंग मुकम्मल, जिनमें दोष ढूँढ पाना, मुश्किल ही नहीं नामुमकिन भी था। उसकी आवाज़ में मिठास थी, जिसे सुनने का बार-बार मन करता था। उसके बोलते समय अक्सर ऐसा आभास होता, जैसे स्वर के साथ मधुर संगीत निकल रहा है।

जब उसने बी.ए. प्रथम वर्ष में प्रवेश लिया, वह कुछ ही महीनों में लड़कों के बीच कौतूहल का विषय बन गयी थी। कॉलेज में ऐसा कोई नहीं था जो 'सारिका' नामक इस न्यू प्रवेशिता के नाम से वाक़िफ़ न हो चला हो। सीनियर हो या फिर उसके सेमेस्टर के सहपाठी, सभी उसे जानने-पहचानने लगे थे। मनचले उसे देखते ही दिल पर हाथ रखकर कसक भरी आह! भरने से नहीं चूकते थे।

नर्म-नाज़ुक ताज़ा खिले फूल-सी सारिका, प्रात: दस बजे के आस-पास कॉलेज आती और अपने पीरियड्स एटेंड कर, लगभग दो बजे घर लौट जाती। ड्राइवर उसे गाड़ी से लेकर आता और उसके लौटने तक कॉलेज कैंटीन में बैठकर समाचार-पत्र पढ़ने व मोबाइल स्क्रीन को काफी समय तक स्क्रोलिंग करते हुए चाय की चुस्कियों का मजा लेता रहता। दो-तीन चाय पीने के साथ ही वह कैंटीन में चलने वाले टी.वी. पर धारावाहिकों और फिल्मों को देखकर भी अपने समय का सदुपयोग करता रहता। बीच-बीच में बिन किसी से कुछ बोले कभी इधर-उधर टहल आता।

वह गुप्त रूप से सारिका के पीछे रहता, शायद उसकी प्रत्येक गतिविधि पर ध्यान रखने के लिए। लड़के उसे ड्राइवर कम सारिका का बॉडीगार्ड अधिक मानते थे। वास्तव में ऐसा था भी। वह एकदम हृष्ट-पुष्ट, भीमकाय आकृति वाला था। उसने कराटे में ब्लैकबैल्ट अर्जित की हुई थी। इसलिए कोई उससे भिड़ता नहीं था।

सारिका अट्ठारहवें वर्ष में प्रवेश कर चुकी थी और कौन नहीं जानता इस उम्र तक लड़कियाँ जवान हो जाया करती हैं। प्रत्येक अंग कपड़ों के अंदर से ही झाँक-झाँककर उसके जवान होने का संकेत दिया करते थे। संक्षिप्त शब्दों में कहें तो उसकी फिगर बहुत ही आकर्षक थी।

जब वह हाई स्कूल की छात्रा थी तभी लम्बे समय से बीमार, कैंसर पीड़िता उसकी माँ का देहांत हो गया था। पिछले तीन-चार वर्षों से रोगग्रस्त थी, बेचारी।

अब सारिका और उसकी छोटी बहन 'सिन्धु' अपने पिता 'गौतम भोसले' के साथ बड़े से फ्लैट में रहती हैं। सात कमरों वाला बड़ा फ्लैट। गौतम भोसले उसी में अपनी दोनों बेटियों के साथ रहते हैं। एक ड्राइवर और खाना बनाने के लिए

एक अधेड़ नौकर। कुल मिलाकर पाँच प्राणी ही रहते हैं उसमें।

गौतम भोसले रियल स्टेट के मालिक और काफी धनी व्यक्ति हैं। प्रोपर्टी की देखभाल के लिए स्थायी मैनेजर नियुक्त किया हुआ है, जो उनका रिश्तेदार ही है। हफ्ता-दस दिन में उससे हिसाब-किताब की जाँच कर लेते हैं। अन्यथा पूरे दिन पेंटिंग्स बनाने में मग्न रहते हैं। कई बड़ी प्रदर्शनियों में भी नाम कमाया है उनकी पेंटिंग्स ने।

लेकिन काफी शक्की आदमी हैं। किसी को घर आमंत्रित नहीं करते, बाहर का काम बाहर ही निपटा लेने की नियति है उनकी। वे नहीं चाहते कोई उनकी बेटियों से मिले। बहुत कम समय उन्हें स्वयं से जुदा रखते हैं। शायद, उनके स्कूल टाइम तक। बेटियों की सुख-सुविधा का पूरा-पूरा खयाल रखते हैं। सारिका की कई पेंटिंग्स बनाकर उन्होंने अपने शयन-कक्ष में लगायी हुई है। वे दस में से एक-दो पेंटिंग सारिका की बनाते ही हैं। बस अपनी ही तरह के इंसान हैं। उनके ड्राइंग रूम में जाने की किसी को अनुमति नहीं...।

सारिका पहले बहुत हँसोड़ थी। सब पर व्यंग्य करना, शरारते करते हुए दूसरों को छेड़ना, उसकी आदत का हिस्सा बना हुआ था। चुलबुली-सी, सिन्धु के साथ भी खूब हँसी-मज़ाक करती रहती थी। इतनी हँसी-मज़ाक, या फिर शरारत कि सिन्धु खीज जाती थी। दोनों बहनों में लड़ाई-झगड़ा हो जाता था। फिर रूठना-मनाना चलता था।

युवा होने के बाद कुछ ही महीनों में सारिका में तेजी से बदलाव आया है। अब वह एकदम रिजर्वड़-सी हो गयी है। कम बोलना, किसी से अधिक मिलना-जुलना नहीं। अपने कमरे में अकेले मूर्तिवत मौन बैठे रहना या पुस्तकों के पन्ने इधर से उधर पलटते रहना। बात-बात पर खीजने भी लगी है। कहीं घूमने-फिरने के लिए कहो, 'मूड नहीं।' या सरदर्द का बहाना बनाकर टाल देना। किसी प्रकार की चिंताओं पर गहराई से विचारते हुए स्वयं तक सीमित।

इस उत्तर आधुनिकता के युग में वह एकांतवासी योगी के जैसा जीवन जीने लगी है। इस प्रकार का परिवर्तन उसमें कुछ ही महीनों में तेजी से आया है। ऐसी दशा अक्सर प्रमियों की देखी जाती है। उसके दोस्त-सहपाठी चाहते हैं,

अंतर्सबंध और अन्य कहानियाँ

'सारिका उनसे मिले-जुले, गप्पे-शप्पे लगाए, पिकनिक पर जाए। उनकी पार्टियों में शामिल हो।' परंतु सारिका समय का बंधन टूटते ही डरने लगती है। चिंतित हो उठती है। शायद पापा का डर है। जिनकी हिदायत है, "समय पर कॉलेज जाओ और पीरियड्स ऑफ होते ही सीधे घर लौट आओ। दोस्तों के साथ मौज-मस्ती करना मुझे बिलकुल पसंद नहीं।"

जब सारिका ने कॉलेज में प्रवेश लिया था, तो तीन-चार माह पश्चात ही उसके दिल में एक मासूम-सा चेहरा समा गया था। वो चेहरा धीरे-धीरे उसके दिल की गहराइयों में इतने नीचे उतर गया कि उसे बाहर निकाल फेंकना कठिन हो गया। ये कमबख्त दिल भी अजीब चीज है, जिस पर मचल उठे, फिर चाहे जितना समझाओ उसी की ओर झुकता जाता है।

अनवर की बैटिंग, उसका सेक्सी खेल, शॉर्ट लगाने का अंदाज़, रन चुराने की कला आदि सारिका के दिल को छू गयी। अनवर का नेतृत्व, टीम के प्रति समर्पण, प्रत्येक खिलाड़ी को उत्साहित करना आदि, सारिका को आकर्षित कर गए। वैसे भी वह क्रिकेट की दीवानी थी। अनवर का व्यक्तित्व, भोले-भाले चेहरे की कशिश, सारिका को भा गयी। जी-जान से मर मिटी वह उस पर। शायद उसे ऐसे ही साथी की तलाश थी। वह जिस तरह के लड़के को अपना हमसफर बनाना चाहती थी, वे सभी गुण उसे अनवर में दिखाई दिए थे।

फिर क्या था? बस उसने सोच लिया, "अगर किसी को जीवन साथी बनाना है, तो वह सिर्फ अनवर को।" अपना प्यार भरा सन्देश उसने एक दोस्त के माध्यम से अनवर तक पहुँचा कर उसका फोन नंबर ले लिया। मैसेज भेजने आरंभ किए। कभी-कभी फोन भी किए। व्हाट्सप्प, इंस्टाग्राम आदि पर भी हाय! हैलो! बोलकर उसे आकर्षित करने की कोशिश की। लेकिन अनवर ने अधिक रिस्पोंस नहीं दिया। हल्के में लेकर अनदेखा सा कर दिया। इससे चोट खाई मुहब्बत और अधिक जवान हो उठी।

अनवर की कुछ मजबूरियाँ थी, तो कुछ सामाजिक सरोकार। उसे केवल एक ही धुन थी- वह था उसका कैरियर और क्रिकेट के प्रति समर्पण। इसी में वह अपना भविष्य खोजने के लिए प्रयासरत था। क्रिकेट के जूनून ने उसे अपने कॉलेज की टीम कप्तान के ओहदे तक पहुँचाया था। अपनी टीम को वह पूर्णत:

समर्पित था और नहीं चाहता था कि उसकी टीम कभी भी पराजित हो। सम्पूर्ण ध्यान अपनी टीम, अपने खेल पर केंद्रित। अनवर का विचार था, "यदि क्रिकेट में कैरियर बन गया तो गरीबी से छुटकारा मिलेगा। पापा को पंचर लगाने का काम नहीं करना पड़ेगा। घर-परिवार की स्थिति बेहतर होगी। राष्ट्रीय-अन्तर्राष्ट्रीय स्तर पर खेलने का अवसर मिल गया तो, एक हज़ार सारिकाएँ मिल जाएँगी।" इसलिए उसने इस समय प्यार को अधिक वरीयता नहीं दी।

दूसरी ओर, अनवर को हिंदी विभाग में सहायक प्राध्यापक डॉ. नामदेव गौड़ा के एहसानों का कर्ज भी उतारना था, जो पिछले तीन वर्षों से उसकी कॉलेज-फीस भरते आ रहे थे। माँ-बाप से बढ़कर सहायता की थी उन्होंने उसकी। वह उनके घर पर रहकर ही अपनी शिक्षा अर्जित कर रहा था। दूसरों को बताने के लिए अनवर का घर था। पर उसमें गरीबी के अतिरिक्त कुछ और था ही नहीं। यदि गौड़ा साहब उसकी मदद न करते, वह एक कक्षा भी आगे न पढ़ पाता। और फिर कहाँ सारिका जैसी बड़े बाप की बेटी और कहाँ गरीब अनवर। दोनों का मिलाप अत्यन्त कठिन था।

इसी प्रकार की कई अन्य बातों पर विचार करते हुए अनवर ने प्रेम जाल के फंदे में फँसने का विचार त्याग दिया। लेकिन किसी के प्यार भरे अनुरोध को ठुकराने की कसक उसके हृदय में रह गयी।

जैसे-जैसे समय बीता, वक्त बदला, फिजा बदली, अनहोनी होनी में बदल गयी। धीरे-धीरे अनवर सारिका से प्रेम करने लगा। शायद उसकी सुन्दरता पर रीझकर। कहते हैं न "ख़ूबसूरती के आगे सब कुछ टाँय-टाँय फिस्स हो जाता है।" जवान उमंगे इधर-उधर तो कुद्दी लगाती ही हैं। इसलिए अपने ऊपर पड़ने वाली सारिका की चाह भरी दृष्टि का कायल होकर, अनवर उस पर मरने लगा।

फिर संक्षिप्त वृतांत ये है कि दोनों एक-दूसरे से अत्यधिक प्यार करने लगे। उनके मध्य इतनी प्रगाढ़ता बढ़ी कि उनके बीच जो नहीं होना चाहिए था, वह भी हो गया।

अब अनवर को एहसास होने लगा, "सारिका के मिलाप के विषय में वह जैसा सोच रहा था, वैसा कुछ हुआ नहीं। उसने गलत अवधारणा बना ली

थी। न उसके खेल पर कोई विपरीत या कुप्रभाव पड़ा और न उसकी प्रैक्टिस में व्यवधान आया। बल्कि उसे अपनी शक्ति बढ़ी हुई दिखायी दी। सारिका का प्यार उसे उत्साहवर्धक कैप्सूल के रूप में दिखायी दिया।" सारिका ने उसे हमेशा ही उत्साहित व प्रोत्साहित किया। अब उसके खेल में और भी निखार आ रहा था।

अनवर खुश था और चाहने लगा था, सारिका उसकी जीवन संगिनी बने। लेकिन अपनी आर्थिक समस्याओं का भी उसे एहसास था। गृहस्थ जीवन में आखिर जिम्मेदारियाँ बढ़ जाती हैं। अब दोनों एक-दूसरे का जीवन साथी बनने को तैयार थे। उन्होंने धर्म, जात-पात, अमीरी-गरीबी सबको अनदेखा कर दिया था। प्यार में सब कुछ जायज हो गया...।

इसी बीच हफ्ते-दस दिन में अचानक सारिका की तबीयत ख़राब होने लगी। ऐसा कोई एक दिन नियत तो नहीं था, पर ऐसा दिन आता अवश्य था। चक्कर आने लगते, कभी मितली का मन बनता, ब्लड-प्रेशर कम हो जाता। आँखें भर्राई-सी रहती, जिनमें निद्रा अपनी दस्तक दिए जाती। ऐसी हालत में वह कॉलेज तो आती- शायद अनवर से मिलने- पर शीघ्र ही लौट जाती। पूर्व के दिन उसकी सहेलियाँ या अनवर उससे कितना भी विश्वासपूर्ण वादा कराते हों, परंतु ऐसे दिन वह अवश्य ही लेट हो जाया करती। लगभग उसी दिन सारिका की तबीयत भी बिगड़ती।

सारिका के साथ ऐसा क्यों होता? इसका रहस्य कोई नहीं जानता था। यहाँ तक कि स्वयं सारिका भी इस विषय में अनभिज्ञ थी। किसी दोस्त ने कारण पूछा तो सारिका ने बताया, "पता नहीं किसी एक दिन क्यों मैं नींद से नहीं जाग पाती? रात में सोती हूँ तो सुबह नौ-दस बजे से पूर्व उठा ही नहीं जाता। जबकि मैं शाम को दस-ग्यारह के बीच सो जाती हूँ। प्रतिदिन की भाँति बिस्तर पर जाती हूँ, पर कुछ अनहोनी सी होती है।

काका (नौकर) को डाँटती हूँ, "तुमने मुझे क्यों नहीं जगाया, मेरा कॉलेज था?"

वह जवाब देता है, "मैंने कई बार आपको उठाया था, आप जागी ही नहीं।"

फिर अक्सर बाबूजी आकर काका को डाँट देते हैं, "क्यों परेशान करते हो,

सोने दो।"

उसी दिन बदन टूटा-टूटा सा रहता है। मन की दशा विचिल सी होती है। कुछ भी अच्छा नहीं लगता।

दिन, महीनों में तब्दील हो-होकर गुजरते रहे। उसी प्रकार के वातावरण में सारिका और अनवर की मोहब्बत भी परवान चढ़ती रही। लेकिन वे हमेशा छुप-छुपाकर ही मिलते थे। क्योंकि सारिका का ड्राइवर उर्फ़ बॉडीगार्ड उसकी प्रत्येक गतिविधि का ध्यान रखता था। अब वह पहले से अधिक सचेत हो गया था। यह उसकी जिम्मेदारी थी और सारिका के पिता द्वारा सौंपा हुआ दायित्व कर्तव्य।

वह उन दोनों के विषय में न कुछ जानते हुए भी बहुत कुछ जान गया था। ड्राईवर से बचकर मिलने के तीन स्थान थे- लाइब्रेरी, ज्यूलोजी लैब या फिर बॉयज हॉस्टल के पीछे का बगीचा। आँख मिचौनी का यह खेल महीनों तक चलता रहा।

कॉलेज कैलेंडर के अनुसार अप्रैल माह में कॉलेज-गेम तथा मई-जून में परीक्षाएँ होना तय थीं। दौड़, चक्का-गोला फेंक, ऊँची-लम्बी कूद, खो-खो, बैडमिन्टन आदि ऐसे खेल थे जो कॉलेज स्तर पर आयोजित होने थे। लेकिन क्रिकेट एक ऐसा खेल था, जो कॉलेज के अतिरिक्त विश्वविद्यालय स्तर पर भी आयोजित होना था। प्रस्तावित टूर्नामेंट में 'के.के. मैनन विश्वविद्यालय' से सम्बद्धता प्राप्त विभिन्न कॉलेजों की बारह क्रिकेट टीमों का खेला जाना सुनिश्चित था।

महाराज कॉलेज से जो टीम चुनी गयी उसका नेतृत्त्व अनवर के हाथों में था। उसका कुशल नेतृत्व, उसकी बैटिंग और साथ ही अन्य चयनित खिलाड़ियों की योग्यता को, सभी जानते थे। क्योंकि कड़े अभ्यास के पश्चात टीम का चुनाव किया गया था। क्रिकेट में रूचि रखने वाले अधिकांश विद्यार्थियों को अपने कॉलेज टीम के कौशल पर गर्व था। इसलिए यही कयास लगायी जा रही थी कि महाराज कॉलेज की टीम ही फाइनल जीतेगी।

समय आने पर विश्वविद्यालय के खेल परिसर में क्रिकेट टूर्नामेंट का आयोजन आरम्भ हो गया। प्रतिदिन तीन-तीन मैचों के हिसाब से एक सप्ताह

में फाइनल होना था। कुल मिलाकर सभी टीमों ने अच्छा प्रदर्शन किया और जैसी सम्भावना व्यक्त की जा रही थी वैसा ही हुआ। अनवर के कुशल नेतृत्व से टीम फाइनल तक पहुँच गयी। उनकी प्रतिद्वन्द्वी टीम के रूप में 'के.के. मैनन विश्वविद्यालय' की टीम फाइनल में पहुँची। पुरस्कार के रूप में विजेता टीम को ट्रॉफी के साथ काफी धनराशी मिलना तय था।

फाइनल मैच से एक दिन पूर्व अनवर और सारिका गुप्त रूप से मिले। सारिका अपनी एक सहेली के बर्थडे में जाने का बहाना कर उससे मिलने आयी थी। अनवर ने सारिका से कल का फाइनल मैच देखने का वादा कराया। यदि वह नहीं आएगी तो वह हताश हो जाएगा, ऐसा उसने सारिका को विश्वास दिलाया। अनवर जानता था, सारिका ने उसके सभी मैच देखे हैं और उसे बहुत उत्साहित भी किया है।

उन दोनों में तय हुआ कि यदि टीम जीत गयी तो दोनों कोर्ट मैरेज करेंगे। बाद में जो होगा देखा जाएगा। एक पवित्र पेड़ के नीचे खड़े होकर उन्होंने साथ जीने-मरने की कसम खाई। उनके मध्य इतनी प्रगाढ़ता हो गयी थी कि अब जुदा नहीं रह सकते थे।

ठीक उसी दिन सारिका के ड्राइवर ने सारिका-अनवर की प्रेम कहानी के विषय में उसके पिता को सब कुछ बता दिया। वह गुप्त रूप से उसका पीछा करता हुआ आया था। मोबाइल कैमरे से ली गयी उन दोनों के साथ की तस्वीरें भी उसने गौतम भोसले को दिखाई। फिर जैसी आशंका सोची जा सकती है वैसा ही हुआ।

अगले दिन महाराज कॉलेज और के.के. मैनन विश्वविद्यालय की टीमों के मध्य फाइनल मैच आरम्भ हुआ। दोनों टीमों के प्रशंसक, उत्साहवर्धक, हितैषी व्यक्ति मैदान में पधारे। लेकिन सारिका, जिसके आने का पूर्ण विश्वास था, वह नहीं आयी। अनवर इस बात से बहुत आहत हुआ। वह जो नहीं चाहता था, वही हो गया। उसका आत्मविश्वास ढह गया। नेतृत्व बिखर गया। परिणाम स्वरूप उसकी टीम बिखर गयी और मैच हार गयी। उसे दो सदमे एक साथ लगे- फाइनल हारने और विश्वास टूटने का।

एक दिन, दो दिन, चार दिन...और फिर महीना गुजर गया। उसके बाद सारिका फिर कभी कॉलेज में दिखाई नहीं दी।

इस छोटी सी प्रेम कहानी को घटित हुए जब तीन महीने गुजर गए। धीरे-धीरे कई गहरे राज खुलने लगे। अनवर के आग्रह पर डॉ. नामदेव गौड़ा ने सारिका के आस-पड़ोस और जान-पहचान के लोगों से मिलकर कुछ गुत्थियाँ सुलझाने की कोशिश की। उन्हें कुछ ऐसी विचित्र बातें ज्ञात हुई, जिन्हें सामाजिक दृष्टि से बिलकुल अच्छा नहीं कहा जा सकता। सारिका के पापा अपनी समस्त प्रोपर्टी बेचकर अपने मूल निवास से गोआ शिफ्ट हो गए। ड्राइवर उर्फ़ बॉडी-गार्ड के माध्यम से उन्हें सारिका की प्रत्येक गतिविधि ज्ञात हुई थी। अनवर और सारिका के विवाह-बंधन में बँधने से वे अवगत हुए तो उनके सीने में जलन की आग दहक उठी। उसके बाद उन्होंने आनन-फानन में कई विचित्र फैसले लिए।

वह सारिका को स्वयं से अधिक समय तक जुदा नहीं रखते थे। साए के समान हमेशा साथ रहते थे। सारिका पर अपना मालिकाना हक़ बताते थे। रात में नशे की गोलियाँ खिलाकर उसका यौन-शोषण किया करते थे। गोलियाँ दूध में डालकर खिलाई जाती या खाने में, यह कोई नहीं जानता। किसी न किसी दिन यह कुकर्म होता अवश्य था। उसी दिन सारिका देर से जगती और कॉलेज लेट पहुँचती। शरीर पर बुरा असर होता, दिन भर जी मचलता रहता, मितली सी आती।

सारिका पर वह अपना मालिकाना हक़ समझते थे या प्यार करते थे यह निर्णय करना थोड़ा कठिन है। लेकिन जब उन्होंने अपने द्वारा खिलाए गए फूल को दूसरे के गले की माला का हिस्सा बनते देखा, वे तैश में आ गए। उन्होंने दूसरा ब्रह्मा बनकर पुत्री को ही पत्नी के रूप में स्वीकार कर लिया। ऐसा गुप्त सूत्रों से ज्ञात हुआ।

15

बिजार अर्थात्...

"...भाई साहब, मैं आपकी बात से बिलकुल भी सहमत नहीं हूँ, इस दुनिया में ऐसा इंसान है ही नहीं जिसे डर न लगता हो। अगर ऐसा कोई है भी, तो वह बिलकुल पागल होगा या साक्षात देवता। डर में तो अच्छे-अच्छों की हेकड़ी निकलते देखी है मैंने। डरना तो इंसान का स्वाभाविक गुण है। डर में लोगों के प्राण तक निकल जाते हैं। बस ये बात अलग है कि लोगों को अलग-अलग जानवरों से डर लगता है। कोई शेर से भय खाता है। कोई साँप से। किसी की तो कुत्ते को देखकर ही फट जाती है।"

एक व्यक्ति की बात पूरा होते ही, दूसरा बोल उठा, "अगर मैं अपनी कहूँ तो जितना डर मुझे बिजार से लगता है, उतना किसी से नहीं लगता। भई, अब तक मैंने जितने भी जानवर देखे हैं, उनमें बिजार ही मुझे सबसे खतरनाक लगा है। और काला बिजार... काला बिजार तो मुझे साक्षात यमराज के जैसा लगता है। मेरे दादा कहते थे, अपनी प्रजाति के सभी बिजारों में काला ही सबसे खूँखार होता है। आप मेरी बातों से सहमत हों या न हों लेकिन मेरा तो दृढ़ विश्वास है...।"

तभी कोई तीसरा व्यक्ति बड़बड़ाया, "तुमने एकदम सही बोला। बिजार देखने में चाहे जितने खूँखार लगे, लेकिन अच्छे भी होते हैं। मेरे घर एक बिजार अक्सर आता था। पहले-पहल मुझे उससे बहुत डर लगता था, लेकिन जब मैं उसे

रोटी खिलाने लगा तो मेरा डरना बंद हो गया... ।"

इस प्रकार बिजार से डरने या न डरने को लेकर सहारनपुर से दिल्ली की ओर जाने वाली 2DS पेसेंजेर ट्रेन में ऊपर-नीचे बर्थ पर, आमने-सामने बैठे यात्रियों में गरमा-गरम बहस छिड़ी हुई थी। क्योंकि प्रतिदिन ट्रेन में सफ़र करने वाले ये यात्री किसी न किसी समसामयिक मुद्दे, अपने-अपने जीवन-अनुभव, कोई घटना-दुर्घटना आदि को बहस का मुद्दा बनाते ही थे। इससे उनका सफ़र रोचकता से कट जाता था। आज बिजार पर वैचारिक द्वन्द्व छिड़ा हुआ था।

उसी क्षण ऊँघ से सचेत होकर ट्रेन में सफ़र कर रहे एक वृद्ध ने अपना कर्णपटु उस वक्ता की ओर घुमा दिया जो बिजार पर लम्बा-चौड़ा भाषण सा दे रहा था।

बिजार पर छिड़ी बहस वाली बातों में संलिप्त हो जाने पर वृद्ध ने स्वयं को ज्ञान की पाठशाला में अनुभव करते हुए सोचा, "आज मुझे कोई महत्वपूर्ण ज्ञान प्राप्त होगा। गाँव में पड़े-पड़े, ज़िन्दगी यूँ ही कट गयी, अरे कट क्या गयी, गल गयी? सत्यानाश हो गया ज़िंदगी का। आज तक कोई अच्छा अनुभव ही नहीं मिल पाया। किसी प्रकार की अच्छी शिक्षा भी नहीं मिली। घूमने-फिरने का अवसर ही कहाँ मिला, जो यात्रा करके ही थोड़ा-बहुत ज्ञान प्राप्त कर लेता। जीवन में एक बार 'रेल में यात्रा करने की तमन्ना' भी आज मुद्दत के बाद पूरी हुई है। रेल में यात्रा करने का अपना ही मज़ा है। हर तरह का आदमी मिलता है- साहब, बाबू, अच्छा-बुरा, उच्च-नीच, भिखारी-शिकारी आदि।"

कुछ लोगों को ताश खेलते हुए देखकर, वृद्ध ने अपना विचार बदला, "वे जो चोकड़ी बनाकर ताश खेल रहे हैं, लगता है छोटी जाति के हैं। तभी तो इन बाबू लोगों की बात नहीं सुन रहे। शोर मचाकर दूसरों की ज्ञान प्राप्ति में भी बाधा डाल रहे हैं। ज्ञान ऐसे थोड़े ही मिलता है। बड़ी मेहनत और मशक्कत करनी पड़ती है, ज्ञान पाने के लिए। पुराने लोग कहते हैं, 'ज्ञान वो धन है, जिसे चोर चुरा नहीं सकता। भाई बाँट नहीं सकता।"

फिर वृद्ध को अपने अभावहीन ग्रामीण जीवन की याद आयी, "गाँव का साधनहीन वातावरण मनुष्य के लिए सही ढंग से जीवन यापन करने में समर्थ भी

अंतर्संबंध और अन्य कहानियाँ

तो नहीं है। तभी तो ग्रामीण शहर की ओर पलायन कर रहे हैं। यदि गाँव में ही रोजगार और सुख-सुविधा के साधन मिल जाए तो कोई बाहर क्यों जाए? इन बाबू लोगों की वार्ता से कुछ तो ज्ञान प्राप्त करूँ, जो शेष आयु ठीक से बिताने में सहयोग दे।"

इस प्रकार जीवन में पहली बार ट्रेन में यात्रा कर रहे उस ग्रामीण वृद्ध ने स्वयं को बाबू और साहब लोगों की वार्ता में पूर्णत: संलिप्त कर लिया, जो बिजार पर लम्बी बहस में उलझे हुए थे।

वृद्ध ने सोचा, "रेलगाड़ी में कितने ज्ञानवान और अनुभवी लोग यात्रा करते हैं, जो गहराई से सोचते हैं। आज तो मैं भी कुछ ज्ञान की बातें सीखकर गाँव में जाऊँगा। अपनी प्रतिष्ठा बनाऊँगा। मेरा मान-सम्मान बढ़ेगा। गाँव के लोग मुझे अपने यहाँ सम्मान से बुलाएँगे। सिरहाने बैठने की ज़िद करेंगे। मना करने पर भी आग्रह-पूर्वक बैठाएँगे। मेरे ज्ञान की चर्चा सारे गाँव में फैलेगी। और वो रामदीन अपनी डींग के लिए अंग्रेजी के समाचार सुनता है। अंग्रेजी फिल्में देखता है। साला, ए बी सी जानता नहीं और कहता है, 'अंग्रेजी की पूरी पकड़ करता हूँ।' उस पर भी अपनी धाक जमाऊँगा।"

लेकिन ग्रामीण वृद्ध को उसी क्षण आभास हुआ, "ये बाबू लोग जिस बिजार की बहस में उलझे हुए हैं, वह आखिर है क्या बबाल? कोई जानवर लगता है? या कोई भूत-वूत तो नहीं? वैसे तो मैं भी समझदार हूँ, अच्छा जानकार हूँ। गाँव के बड़े-बूढ़े तक मुझसे सलाह-मशविरा करते हैं। पर बिजार के विषय में मैं कैसे नहीं जानता? नाम तो वास्तव में कुछ अटपटा-सा है और भयभीत-सा करने वाला भी।"

काले बिजार का नाम जो वार्तालाप के मध्य में वृद्ध ने सुना था, उसके विषय में कल्पना रुपी घोड़ा दौड़ाया, "निश्चय ही ये काला बिजार, काला जंगली सुअर होगा और कुछ नहीं, उसी को ये काला बिजार... काला बिजार कह रहे हैं। उसी ने मुझे एक बार ईख छीलते हुए बहुत जोर से टक्कर लगायी थी। बड़ी मुश्किल से बच पाया था, मैं।"

इसी बीच कोई अन्य यात्री बोल उठा, जिसने टाई बाँधकर, कोट-पैन्ट

पहनकर, आँखों पर सुनहरा चश्मा लगाकर स्वयं को हैंडसम दर्शाने में कोई कोर-कसर नहीं छोड़ रखी थी। वेश-भूषा से लग रहा था, वास्तव में पढ़ा-लिखा इंसान है। "बिजार से तो मैं नहीं डरता, काला हो चाहे सफ़ेद, लेकिन उसके सींग देखते ही मेरी घिग्गी बँध जाती है। एक शाम घर लौटते हुए बिजार से पाला पड़ गया था, उसने सींग से उठाकर पटका तो हड्डी-पसली टूट गयी थी। डेढ़ महीना चारपाई से न उठ सका था। पैंट ढीली हो गयी थी। ड्यूटी न कर पाने के कारण बॉस की बहुत डाँट सहनी पड़ी। नौकरी तक जाने का खतरा हो गया था।"

ग्रामीण ने उस साहब की वार्ता को बहुत उत्सुकता और ध्यान से सुना। वह एक शब्द से भी वंचित नहीं रह जाना चाहता था। अत: प्रत्येक शब्द पर बहुत ध्यान दिया। पूरे मामले को समझने का प्रयास किया। बिजार के विषय में फिर से विचार करने लगा, "हो सकता है बिजार कोई बैल हो, उसके सींग भी बड़े-बड़े होते हैं। पर कहाँ बिजार जैसा भयानक जानवर और कहाँ शिव की सवारी बैल? राम-राम दोनों में भारी असमानता है। इनकी तो तुलना मात्र से ही पाप लगेगा। शिवजी ने मन की बात जान ली तो तीसरा नेत्र खोलकर भस्म कर देंगे।"

ठीक उसी क्षण कोई तीसरा यात्री आलाप उठा, "बिजार...s...s...बिजार से तो मैं नहीं डरता। मुझे तो सबसे अधिक डर उसकी गुलहार से लगता है। उसे सुनकर मुझे कानों के परदे फटते से प्रतीत होते हैं। जब भी बिजार गुलहार लगाता है, मुझे ऐसा लगता है जैसे 'शेर मुँह फाड़कर मेरी ओर आ रहा है।' इतना भय तो मुझे कभी अपने सबसे खड़ूस अध्यापक की हुँकार से भी नहीं लगा, जिसे सुनकर मेरी पैंट स्नान करने लगती थी।"

ऐसा सुनते ही समीप बैठे यात्रियों ने जोर का ठहाका लगाया। हँसी के शोर ने एक क्षण के लिए डिब्बे में बैठे अधिकांश यात्रियों को मोहित कर लिया। लेकिन ग्रामीण वृद्ध की किसी शंका के कारण हँसी मर गयी। किसी सोच में था, कुछ अफ़सोस भी था। उसने एक बार फिर गंभीरता से सोचा, "शायद ये साहब लोग, भैंसे को बिजार कह रहे हैं। उसके सींग भी बड़े-बड़े होते हैं। वह गुल्लाहरता भी है। गुस्साया भैंसा लोगों को मारता भी है। लेकिन उसकी निन्दा नहीं करनी चाहिए अन्यथा यमराज छोड़ेंगे नहीं।"

ट्रेन चलती रही लोग हँसी के गुलछर्रे उड़ाते रहे। कोई किसी की चुटकी

लेता, कोई किसी पर आक्षेप करता तो कोई अपने खेल में मस्त, दुनिया से बेपरवाह।

वृद्ध किसी से एक शब्द भी बोले बिन, सहमा सा अपनी सीट पर बैठा रहा। साधारण शब्दों में कहा जाए तो एकदम ऐसा लग रहा था जैसे उसे साँप सूँघ गया हो। या भूत से डरकर अपनी सीट से चिपक गया हो। उसे देखकर ऐसा लग रहा था जैसे उसके शरीर से आधी आत्मा निकल चुकी हो। बिजार जिसे वह बहुत भयानक जानवर समझ बैठा था, उसके विषय में जानने-पहचानने की उसकी जिज्ञासा और उत्सुकता अत्यधिक बढ़ गयी। एक प्रकार का भय भी उसके हृदय में पनप रहा था। उसने सोचा, "आखिर बिजार कितना भयानक जानवर है, जिसे देखते ही इन महानुभवी-चतुर-चालाक बाबू लोगों की शिट्टी-पिट्टी गुम हो जाती है। बिजार को देखते ही इन नौजवानों की ऐसी दुर्दशा हो जाती है, तो मुझ जैसे कमजोर और वृद्ध मनुष्य का क्या होगा?"

वह आंतरिक भय से काँप उठा और प्रार्थना करने लगा, "हे भगवान मुझे बिजार से बचाए रखना। बिजार का साया भी मुझसे दूर रखना। लेकिन कभी संयोग से बिजार का सामना हो गया तो पहचानूँगा कैसे? यही बिजार है? जितने भी अनुमान मैंने लगाए हैं, बिजार तो उससे भी कई गुना खतरनाक जानवर प्रतीत होता है। अगर इन बाबू लोगों से पूछूँ तो ये ज़रूर मेरी हँसी उड़ायेंगे। चुटकी लेकर कहेंगे, इतना बुड्ढा और तुजुबेंकार होकर भी बिजार के बारे में नहीं जानता। हमारे शहर का तो बच्चा-बच्चा जानता है। इन गँवार लोगों को कोई समझ नहीं। अपने सब यार-दोस्तों से बोलकर मेरी ओर हाथ का संकेत कर कहेंगे, ये बुढ़ऊ बिजार को नहीं जानता। फिर मैं श्यामलाल के समान हँसी का पात्र अवश्य बन जाऊँगा। उस बेचारे का कुसूर इतना ही था कि वह ट्रेक्टर ठीक करना अथवा चलाना नहीं जानता था।"

एक दिन जब श्यामलाल अपनी गैलरी में बैठा हुक्का गुड़गुड़ा रहा था, दो सन्डम-सन्डे लड़के आकर बोले, "ताऊ! हमारा ट्रेक्टर चलते-चलते रुक गया, शायद कोई पुर्जा-वुर्जा ख़राब हो गया, ज़रा देख लो क्या खराबी है? यहीं थोड़ी दूर सड़क पर खड़ा है?"

श्यामलाल ने कहा, "मैं नहीं जानता क्या हुआ होगा? किसी मिस्त्री को

दिखाओ।"

"तो फिर चलाना तो जानते होंगे।"

"वो भी नहीं जनता।"

उन दोनों लड़कों ने एक मोटी गाली उसे दी और बोले, "हम तो ये सोचकर आ गए थे, सयाना-सत्ता आदमी है, कुछ न कुछ तो ट्रेक्टर के बारे में जानता ही हो होगा। अपनी ज़िन्दगी यों ही गला दी, भोसड़ी के ने। धरती पर बोझ बना बैठा है। तुझे तो अब तक मर जाना चाहिए था।"

बेचारा श्यामलाल शर्म से पानी-पानी हो गया था। अगर मैं इन बाबू लोगों से पूछता हूँ तो ये भी चुटकी लेकर मुझ पर ताने कसेंगे। श्यामलाल के समान मुझे गाली देकर मेरी हँसी उड़ाएँगे।

हँसी का पात्र बन जाने के भय से वृद्ध ट्रेन में बैठे यात्रियों से अपनी शंका और जिज्ञासा का समाधान न करवा सका। उसने स्वयं ही बिजार का संस्मरणात्मक-रेखाचित्र खींचने की पुरजोर कल्पनाएँ तो की परन्तु सफल न हो सका।

लासदी, भय-खौफ, अनेक शंकाएँ और जिज्ञासाएँ मन में लिए वृद्ध अपनी यात्रा से वापस गाँव लौट आया। बहुत दिनों तक बिजार के विषय में जानने की उसकी उत्सुकता बनी रही। लेकिन हँसी का पात्र बनने की आशंका मात्र से वृद्ध ने गाँव में भी किसी को अपना हाल-ए-दिल न सुनाया। अनेक प्रश्न उसको चींटियों के समान कचोटते रहे। रातों की नींद गायब होती चली गयी, बेचैनी अत्यधिक बढ़ गयी। चिंता सिर्फ एक थी जो उसे धीरे-धीरे चिता के समीप पहुँचा रही थी..."बिजार आखिर है क्या बला?"

एक दिन अचानक वृद्ध ने अपने घर के समीप से गुज़रते हुए रामसिंह को देखा। एक ख़ुशी की लहर उसके शरीर में दौड़ गई। उसे लगा शरीर में दो किलोग्राम खून बढ़ गया। क्योंकि वृद्ध जानता था, 'रामसिंह अपने ज्ञान और अनुभव के कारण पूरे गाँव में विख्यात है। उसकी विद्वता के कारण गाँव के समस्त लोग उसे 'साइंटिस्ट' के नाम से पुकारते थे। और फिर, रामसिंह अपने ही गाँव का आदमी है, उससे अपनी बात कहने में कोई हिचक भी नहीं होनी

चाहिए। उम्र में मुझसे कुछ छोटा हुआ तो क्या हुआ, उसके साथ बैठकर कई बार मजाक के गुलगुले उड़ाए हैं।'

इसलिए उस वृद्ध ने दौड़कर रामसिंह को बुलाया। ससम्मान और आदरपूर्वक सिरहाने बैठाया। चाय के लिए आग्रह किया तो रामसिंह ने गर्मी के मौसम के कारण मना कर दिया। नीचे, उन्कडू बैठकर वृद्ध ने बिना हिचकिचाहट के अपनी समस्त आपबीती, रामसिंह को सुना डाली।

रामसिंह ने वृद्ध का सम्पूर्ण वृतांत सुनकर, चेहरे के भाव को थोड़ा गंभीर करते हुए बताया, "काकू, बिजार... अर्थात् सांड, गोहरा। जिसने भैयाजी को पटखी देकर सींग से पेट फाड़कर अंतड़ियाँ बाहर निकाल दी थी। भैयाजी एक साँस भी न ले सके थे।"

रामसिंह अपनी बात कहते-कहते तनिक रुका और फिर बोला, "जब भैयाजी गाय को बुग्गी के पीछे बाँधकर ब्लॉक में नए दूध कराने जा रहे थे, तो उनका कुसूर केवल इतना था कि उन्होंने बिजार को गाय का पीछा करने से रोका था। भैयाजी का विचार था, इंसानों ने तो रिश्ते-नातों की मर्यादा को तार-तार कर दिया है। कम से कम मनुष्यों के अधीन पशुओं के मध्य तो इसका खयाल रखा जाए। ये बिजार उसी गाय का प्रथम बछड़ा था, जिसे गाँव वालों की सर्वसम्मति से दाग देकर छोड़ा गया था। सभी का विश्वास था, बड़ा होने पर यह गायों को हरी करने में अपनी महती भूमिका निभाएगा। भैयाजी ने तो केवल संबंधों की मर्यादा बनाए रखने के लिए बिजार को रोका था। लेकिन इसकी कीमत उन्हें अपनी जान देकर चुकानी पड़ी।"

इतना सुनते ही वृद्ध की आँखों से टप-टप आँसू गिरने लगे। अपने बीस वर्षीय मृत पुत्र का चेहरा उसकी आँखों के सामने घूमने लगा, जिसे यमराज ने बिजार की भेंट चढ़ा दिया था। पुत्र वियोग को उसकी पत्नी सहन न कर सकी थी और जीवन का भार उठाने के लिए उस वृद्ध को अकेला मरने के लिए छोड़ गयी थी।

आज भी वह वृद्ध अपने घर में अकेला खाँस-खाँसकर मृत्यु के आने की प्रतीक्षा करता रहता है। अपनी दस बीघा ज़मीन बँटाई पर देकर अकेला घर में

पड़ा रहता है। कभी-कभार अपने जर-जर घर की हालत को ताकता है। वह अब इसकी मरम्मत कराए भी तो किसके लिए। उस पर आयी विपत्तियों को गाँव के लोग 'भगवान की इच्छा' कहकर उसे सांत्वना भी देते रहते हैं। लेकिन वह अपने हरे-भरे परिवार के विनाश का सबसे बड़ा कारण उसी बिजार को मानता है, जिसे उसने समझने में बड़ी भूल की है।

www.ingramcontent.com/pod-product-compliance
Lightning Source LLC
Chambersburg PA
CBHW051446130726

47987CB00005B/2208